ニャン氏の事件簿

松尾由美

大学を休学し，家電配送のアルバイトなどをしながら，自分を見つめ直している佐多くん。夏の暑い最中，とあるお屋敷のシャンデリアのつけかえにいくと，休憩中に出くわしたのは，一匹の猫とそれに仕える秘書兼運転手だという男だった。アロイシャス・ニャン氏と紹介された品のいい猫は，その屋敷で起こった変死事件の謎を解き明かす?!　って，猫がニャーニャーと鳴いているところを訳しているみたいだが本当なの？　アルバイト先で，次々と不思議な出来事とニャン氏に出くわすことになった，佐多くんの右往左往の探偵譚を愛らしく描いた連作集。

ニャン氏の事件簿

松　尾　由　美

創元推理文庫

THE MYSTERIOUS MR NYAN

by

Yumi Matsuo

2017

目次

ニャン氏の事件簿

図版イラスト＝Minoru

ニャン氏登場

こんな日に、洗濯機を背負わなくてすむのはとても幸せなことだ。

トラックの助手席にすわって、窓の外を通りすぎる住宅地の景色をながめながら、佐多《さた》俊英《としひで》はそう思わずにいられない。

道路を覆うアスファルトは午後の陽射しに溶け出しそうだし、家々の庭の緑さえ——東京郊外のこのあたりでは敷地に余裕のある家も多く、芝を敷いてあったり、花やハーブを育てていたりするけれど、植物連中もここしばらくの暑さに少々疲れぎみ、人間たちの心を癒すゆとりなど持ちあわせていないように見える。

家電配送の仕事で大物といえば洗濯機、それに何より冷蔵庫だ。大型の冷蔵庫はかならず二人がかりで運ぶが、洗濯機はひとりで背負うこともある。結束《けっそく》バンドに両腕を通して、よいしょと持ち上げるのだ。本職でもない学生（一応）の身には、それなりにきつい仕事である。

けれども今日は、どちらも予定に入っていなかった。午前中からずっと電子レンジなどの小物がつづき、午後の分は急なキャンセルが二件も入った結果、あと二箇所を残すばかり。

この道の先にある柳瀬《やなせ》という家に照明器具を届け、最後はマンションの一室に大画面テレビ。これはこれで気をつかう——幅があり、なおかつ衝撃に弱いので、通路が狭い時などはやっかいだ。が、ともかく軽い。そして何はともあれ、軽いというのはすばらしいことなのである。

「あの家じゃないかな。そうだそうだ、まちがいない」

岡崎《おかざき》が歌うように節をつけて言い、車を停める。二人はトラックの高い座席から熱気のたちこめる路上に降り立った。

いつも社員のドライバーとペアを組むが、いろいろな人がいる中で、岡崎との仕事は楽しかった。ぬいぐるみの熊みたいな風貌も憎めないし、何より陽気なのがいい。ただ時々、おしゃべりすぎると思うこともあるけれど。

岡崎がインターホンで話しているあいだに、佐多が荷台から段ボールと脚立《きゃたつ》を引っ張り出し、二人並んで玄関のポーチにたたずむ。

「小さいけど、えらく洒落《しゃれ》た家だよな」

「そうですね」

たしかに、比較的こぢんまりとしているが、ひとつひとつの要素が瀟洒《しょうしゃ》な印象をあたえる家だった。漆喰《しっくい》の壁にところどころあしらったタイルといい、細長い窓の形、赤い屋根の微妙にくすんだ色合いといいい。

「なんか、メイドさんとかが出てきそうな感じじゃねえ?」

「そういえばそう――」

言いかけた時にドアが開いて、二人は絶句した。あらわれた姿がまさしく「メイドさん」だったから。

飾り気のない黒いワンピース、糊《のり》のきいた白いエプロンが、細い体つきによく似合っている。

長い髪をうしろでまとめ、顔立ちはさびしげだが愛らしさもある。おそらく佐多よりちょっと年下、二十歳《はたち》そこそこというところだろう。

「どうぞ」

歩くと兎の尻尾みたいに揺れるエプロンの結び目を追いかけて、廊下のつきあたりの部屋に入る。

庭に面した居間で、制服のメイドさんがいるような家にいかにもふさわしい雰囲気だった。高い天井といい、壁の絵といい、つくりつけの棚やそこに置かれた装飾品のたぐいといい。

「少々お待ちください」

そう言いおいてメイドさんが姿を消すと、

「けっこうかわいいじゃん」岡崎が小声で言う。「佐多くんなんかタイプじゃないの」

そうでないとも言えなかったので、佐多はちょっとどぎまぎする。

「おれの好みはまた別だけど」岡崎はつづけて、空中に曲線を描くように手を動かし、「何というか、もっとこう——」

「ゴージャスで立体的なタイプが好きなんですよね」

「立体的か。うまいことを言うなあ」

岡崎が素直に感心しているところへ、ドアが開いて、家の女主人らしい人物があらわれた。たぶん七十歳かそのくらい。髪の色と同じグレーのブラウスに小柄な体をつつみ、上品な奥様という感じのこの人が、伝票に名前の書いてある「柳瀬薫子《かおるこ》」にちがいない。

「暑いところを悪いわねえ」若いころはかわいらしかったであろう顔に刻まれたしわに、さらに笑いじわを加えて、「それじゃ、さっそくだけどお願いするわ」

「今ついているあれを」岡崎が天井を指さし、「新しいのとつけかえるんですよね」

いわゆるシャンデリアで、中心から分かれた枝の先に鈴蘭《すずらん》のような形をした磨《す》りガラスのライトがついている。二人が持ってきた新しいものも、それとよく似たデザインだった。

「先週のはじめにうんともすんとも言わなくなって」女主人は言ってから首をかしげ、「まあ音が出るものじゃないから、『うんともすんとも』はおかしいわね。ともかく、明かりがつかなくなって」

「ああ、なるほど」

脚立にのぼる岡崎の脚に向かって、柳瀬夫人（実は夫人かどうかわからないのだが）はしゃべりつづける。

「もう寿命だろうから買い替えるのはいいとして、同じようなデザインのがなかなかないのよ。ずいぶん探したわ。夜になると薄暗いのも我慢して。ほかの明かりもあるからまっくらになるわけじゃないけど」

「そうでしょうね」

「だから、おたくの店で見つけた時には、うれしかったというか安心したというか」

「それはよかったです」

とりとめないおしゃべりを、岡崎は如才《じよさい》なく受け流し、はずしたシャンデリアを佐多に手渡す。実際には「おたくの店」という言い方は正確ではなく、岡崎は大手電器店と契約している配送会社の社員、佐多はそこに派遣されているアルバイトだ。今は電器店のロゴ入りポロシャツを着ているが、時たまそれを脱いで、別の会社のシャツを着ることもある。

「だけどあなた、まだお若いし細いのに、たいへんだったでしょうね。こんな日にこんな重いものを運んできて」

夫人は黙っていられない性分のようだ。岡崎がシャンデリアの取りつけにかかりきりだと見ると、佐多に向かってしゃべりつづける。

「いえ、このくらい、重いといううちには」

とはいえたしかに照明器具としては重いほうで、取りつけ作業は一般の人にはむずかしいだろう。屈強かつ手慣れている岡崎はひとりでやってのけるが、同じことを佐多がやれと言われたらたぶん無理だ。

などと思いながら空いた段ボールに古いほうのシャンデリアを詰めこむ。引き取って処分することになっているのだ。そうこうするうちに岡崎が作業を終え、

「佐多くん、スイッチを入れてみて」

壁のスイッチを入れると、鈴蘭の形をしたシャンデリアに明かりがともり、

「来栖《くるす》さん、ちょっと」柳瀬夫人が台所のほうへ声をかける。

「ああ」さっきのメイドがやってきて、「よかったですね、新しいのがついて。デザインも前のとそっくりだし」

「そう」夫人は喜んで、「何しろわたしはインテリアのセンスがないのよ。ここはもともと叔父が住んでいた家で、叔父はこういう飾りつけなんかが上手だったから、なるべくそのころのままにしているの」

道具を片づけている佐多たちに向かい、

「ご苦労さま。ひと休みして、お茶でも飲んでいかれたら？」

「はあ――」

そう言われて、岡崎はちょっと考える顔つきになった。

普通ならこの手の誘いは断るところだ。別に配達先でお茶をご馳走になってはいけないという決まりはないが、たいてい次の予定がつまっていて、お客さんも待っているし、彼ら自身も早く仕事をすませたい。

けれども今日は、二件もキャンセルが入ったことと、最後の配達先が時間指定をしているせいで（五時以降でないと困るという）いつになく空きがあった。実のところ、一時間半も空いていて、配送センターに戻るのも半端だし、どうしたものかと話し合っていたのだ。

「それじゃ、お言葉に甘えようかなあ――」

「そうよ。そうなさい。来栖さん、アイスティーをお願い」

こうして佐多は、冷房のきいた部屋の黒い革張りのソファで、大きな球形の氷をひとつ浮かべた色鮮やかな紅茶を飲むことになったのだった。瀟洒なインテリアと庭の緑をながめ、できれば隣にすわっているのがぬいぐるみの熊みたいな体育会系の男ではなく、このお茶をいれてくれた来栖嬢のようなかわいい女の子だといいのだが——などとひそかに思いながら。

「それにしても、リッチな雰囲気ですねえ」その体育会系の男が言っている。「高そうなものばかりじゃないですか。あの柱時計にしても、あっちの棚の花瓶やなんかにしても」

「さっきも言ったけど、叔父の住んでいた家で、装飾品のたぐいはぜんぶ叔父の趣味なの」や
やぶしつけな言葉にも、柳瀬夫人は快活に応じる。

「その叔父が亡くなって、たったひとりの身内のわたしが家やら何やらを相続したので、せっかくだから引越してきたのよ。もうかれこれ三年になるわ」

「叔父さんはそれまでおひとりでここに？」

この人の叔父ならかなりの高齢だったろう。岡崎はそう思ってたずねたにちがいないが、

「叔父といっても、わたしと十歳しかちがわないの。母の一番下の弟で、昔はきょうだいが多かったから」

「ああ、なるほど」

「亡くなった時は七十八歳。特に悪いところもなく、元気にひとり暮らしができていました。週に二度ほど、通いの家政婦さんが来ていましたけど」

「ははあ」

「そう言うわたしは毎日来てもらっていますけど。わたしの場合はひとりでいると退屈で、話し相手がほしくなるのもあって」

この人だったら禁断症状みたいなものが起きるのかもしれない。佐多は内心そう思いながら

うなずく。

「いつもお願いしている人がお休みをとっているので、来栖さんはその代わり。まだ学生さんなの。夏休みのアルバイトというわけ」

「そうなんですか」

もう少し気のきいたことが言えないものか、自分でそう思いながら佐多があいづちを打つ。その来栖本人はお盆を持ったまま部屋の隅にたたずんでいるが、

「あなたもおすわりなさいよ」柳瀬夫人が声をかける。「せっかく若い人たちが来てくれてることだし」

「はい」

夫人とは対照的に無口な性分らしいメイドはうなずき、といってソファのほうへ来るわけではなく、部屋の入口近くの丸椅子に腰をおろす。

佐多は彼女を会話に引きこむべく、かける言葉をあれこれ探した。学生なんですか？　というのは無難なとっかかりかもしれないが、彼の立場では言いにくい——なぜなら佐多自身が大学を休学中の身だからだ。そんなこんなで悩んでいるところへ、

「しかし」岡崎がふと気になったというふうに話を戻す。「さっきおっしゃってた叔父さんのことですけど」

「ええ」

「まだ七十代で、特に悪いところもなくお元気だった。でも亡くなってしまわれたと」

「そうよ」

「ということは、事故か何かで？」

「そうね。そう思うわよね、普通は」

夫人は言葉を切った。さっきまでの快活な口調が大きく変化したわけではないものの、「普通は」という言葉のあとに奇妙な間《ま》が漂う。

「でも」小鳥のように首をかしげ、「実はそうじゃないの。殺されたんです」

「えっ？」

「そうなの」うなずいて、「ここで」

「この家で？」

「それだけじゃなく、この部屋で」たたみかけるように、「ここは殺人事件の現場というわけ」

岡崎も、佐多も、ひとことも発せずにソファから身を乗り出していた。向こう側の丸椅子で、来栖も同じ姿勢をとっている。

「来栖さん、あなたもこの話ははじめてよね」

「はい」

「正直なところ、どう思う？　今みたいなことを聞かされて」

「正直なところ」どうやらそれが地らしい低い声で、「こちらの時給が相場よりいいのは、そういうことだったんだなって思いました」

「そういうことなの。怖くていやだなんて思う人もいるでしょうからね。あなたがそう思うなら、また別の人を探してもかまわないのよ」

「いえ、大丈夫です」

こうしたやりとりのあいだも、最初の驚きを別にすれば、来栖の顔にはこれといった表情がなかった。内心ちょっと怖いけれど無理をしているのか、それとも、本当に気にしていないのか。

柳瀬夫人は「本当?」というような視線を来栖に投げてから、

「そう、ここは殺人のあった家」佐多たちに向きなおってつづける。「この部屋は叔父が倒れていた部屋なの。ちょうどそのシャンデリアの真下あたりで」

「まいったなあ。さっき脚立を立てたあたりってことですか」岡崎は頭をかき、佐多も何ともいえない気持ちになった。

「倒れているところをごらんになったんですか?」

「ええ、わたしが見つけて、わたしが警察を呼んだのよ」

「度胸がありますねえ」岡崎は目を丸くして、「いえ、警察を呼んだことじゃなく、そんなことのあった家にこうして住んでいらっしゃるのが。夜に物音が聞こえたりすると、ひゃー!なんて思いませんか」

「この年になると、ちょっとのことには驚いたりうろたえたりしないものよ」

夫人は誰にともなく自慢するように言ってから、

「もちろん、あの時はびっくりしましたけどね」思い出す目つきになってつづける。「いろいろ大変だったわ。まさか推理小説の中に巻きこまれるみたいなことになるとは思わなかった。犯人はいまだに見つかっていないし、現場のようすにもおかしなところがあったし」

「おかしなところ？」佐多がおうむ返しに言い、

「推理小説みたいというと」と岡崎、「よくあるああいうのですか？　密室とか」

「いいえ、密室じゃないのよ。むしろ、その逆」

「逆？」

「閉まっているんじゃなく、開いているところが多すぎたというか」

どういう意味だろう？　佐多たちが首をひねったところへ、インターホンのチャイムが鳴り響く。来栖が立ち上がって受話器を取り、

「はい、そうです――少々お待ちください」

玄関のほうへ行くと、ややあって、合点のいかないようすで戻ってきた。

「何ですって？」

「男の人がいらっしゃって、お名前は丸山《まるやま》さん、誰かの秘書だか、運転手だかをしているそうです。困っていることがあるので、お願いをしたい。この家のご主人に、直接説明したいとおっしゃるんです」

「丸山さん？　そんな人は知らないわ」

「その人自身もそうおっしゃっていました」

柳瀬夫人はあごに手を当ててしばし考えたのち、

「いいわ」とうなずく。「どういうことなのか、聞くだけは聞いてみましょう」

やがて案内されてきた訪問者は、この暑さの中ネクタイはしていないものの、黒っぽいスーツにやせた体をつつみ、きちんとした服装のわりに髪はいくぶん長めに伸ばしている。浅黒く彫りの深い比較的ととのった顔立ちだが、表情はやや疲れたふうでもあり、ふけて見える三十五歳とも、若々しい四十五歳ともとれる、そんな男だった。

「突然お邪魔し申しわけございません」折目正しく一礼して、「取り次ぎの方にもお話しした通り、わたしは丸山と申しまして、さる実業家の秘書兼運転手をしている者ですが、こちらにお願いがあってまいりました。わたしの雇い主からのたってのお願いです」

「とおっしゃいますと?」

「実は先ほど、この先の坂道を下ったところで、車が故障してしまいまして。業者を呼んで修理してもらっていますが、あと一時間ばかりかかる模様です。そのあいだ、こう暑くては、車の中で待つわけにもいかず――」

「たしかに、それはそうでしょうね」

「そこで、まことに図々しいのですが、こちらで休ませていただくわけにはいきませんでしょうか。わたしの雇い主がそう申しているのです」

シンプルすぎる要求に、一同は意表をつかれた。柳瀬夫人もちょっとのあいだ返す言葉をさがしているようだったが、

「いいや、だけど」岡崎が横から言葉をはさむ、「駅のほうへちょっと行けば、喫茶店なり何な

りあるでしょう。休憩ならそういうところですればいいじゃないですか」

佐多も同感だ。自分たち自身がここで休憩させてもらっているわけだが、それは夫人の招きに応じてのこと。こちらから押しかけたわけではなく、それとこれとで話がぜんぜんちがう。

「たしかに店はありますが」丸山という男は動じず、「多少なりとも美意識を持ちあわせた者には、ベニヤ板にむやみと白っぽい塗装をほどこしたああいう場所は我慢がならない。雇い主がそう申しているのです。外から拝見しただけでも、こちらのお宅にはえも言われぬおもむきがあり、ぜひともこちらで休ませていただきたいと」

数ある家の中で、ここが気に入ったからここがいい――そう主張しているというのだ。柳瀬夫人も、岡崎も佐多も、もちろん来栖も黙っていると、

「わがままで申しわけございませんが」丸山という男はとってつけたように、「なにぶん、わたしの雇い主にはそういうところがありますので」

この時、夫人の表情がかすかに動いた。そこまでわがままな「雇い主」がどんな顔をしているのか見てやろうという好奇心のあらわれか、または、そういう人物につねに振り回されているらしい丸山の境遇に少しばかり同情したのか。

「わかりました」うなずいて言う。「結構です。その方をこちらにお連れして。たいしたおもてなしはできないけど、飲み物くらいはご馳走しますから」

「親切なお言葉、まことにありがとうございます」

丸山は深々と頭をさげ、きびすを返して出ていった。ドアの閉まる音がすると、柳瀬夫人が

岡崎と佐多の顔を順番に見ながら、

「まあ、悪い人にも見えなかったし、わたしはお客さんが好きですからね」

言い訳のように口にして、それはそれで本当なのだろうと佐多は思う。

「しかし」岡崎がグラスの底に残ったアイスティーを音を立てて吸いながら、「どんなやつでしょうね。その雇い主とかいう図々しい男は」

「男とはかぎりませんよ」夫人がすかさず、「実業家というだけではわかりません。女の人かもしれないわ」

「もしかしたら、子供かもしれませんね」来栖が首をかしげて言った。「わがままで、言い出したら聞かないみたいなところからすると」

「それはないでしょう、いくら何でも」

玄関ドアの開く音。「失礼いたします」という丸山の声。つづいて足音。

二人分の――いや、そうではない。

あらわれた姿を見て、佐多は心の底から驚いた。丸山がともなっていたのは男ではなかった。といって女でもなく、それからまた、子供でもなかった。

丸山の膝に届くか届かないかのところに丸い目をした顔があり、耳はとがって、四本の脚で歩き、足音はまったくたてなかった。

猫だったのである。白と黒の。仮面をつけたように目から上が黒、タキシードをまとったみたいに肩から背中、そして四本の脚も黒く、手袋をはめたように、また靴下はだしのように、それぞれ先のところが白くなっている。

つややかな黒とまぶしい白、やんごとない品種かとも思えたけれど、いっぽうでそのへんの野良猫の中に似たのが見つかりそうな気もした。気のよさそうな丸顔だが、ペパーミントグリーンの瞳は怜悧《れいり》とも見える輝きを放っている。そんな猫が、室内の人間たちを値踏みするように見ながら、尻尾を立てて歩いてきたのだ。

部屋の中ほどまで来たところで、猫は立ちどまる。気づけばかたわらの丸山も立ちどまっていて、どちらがどちらに合わせたのかは見当がつかなかった。

「こちらが、わたしの雇い主です」

丸山が慇懃《いんぎん》に、とはいえ有無を言わせない調子で、一同に向かって宣言する。

「実業家のニャン氏――フルネームはアロイシャス・ニャン、もともとさる資産家と起居をともにするパートナーでしたが、その人が亡くなったあと、遺言によって財産をそっくり譲りうけたのです」

開いた口がふさがらない一同を前に、丸山はまじめくさった顔のままつづける。

「それまでのんびりと晴耕雨読《せいこううどく》、いや、晴れた日には日向ぼっこ、雨が降れば鼠のおもちゃを追いかけるといった、気ままな暮らしをなさっていましたが、責任ある身となってからはめきめきと才覚を発揮し、貿易・金融・缶詰製造などいくつかの事業において、投資ばかりでなく経営に参画。若年ながら経済界にしっかりと爪痕を残し、さらに余暇には『ミーミ・ニャン吉』のペンネームで童話を執筆するなど、多方面で活躍なさっている方です」

佐多はあっけにとられていた。いやそんな言葉では生ぬるく、この丸山という男の正気を疑っていた。

そして自分以外の三人も同じように考えていることについて、ゆるぎない確信を持っていたのだが、

「まあ、そうなの、それは大したものねえ」

柳瀬夫人の声――通りいっぺんの驚きだけをたたえたのどかな声を聞くと、つかのまその確信がゆらぎかけた。

いや、と考え直す。いくらかとんちんかんなところのあるこの夫人にしても、内心佐多と同じように感じているのはまちがいない。けれども、たぶんおそろしく意地っ張りなのだ。ここでびっくりしては負けだと思っている。

何と戦い、誰に意地を張っているのかはわからない――丸山という見知らぬ男に対してなのか、それとも少し前に佐多たちに言った「この年になると、ちょっとのことには驚いたりうろたえたりしない」という自分の言葉に縛られているのか。

どちらにしろ、この家の女主人、かつこの場の最年長者がそんなふうに態度を決めた以上、佐多たちとしてはそれを尊重しないわけにもいかない。というわけで、残る三人は申しあわせたようにたったひとつの手段をとった。ひたすら口をつぐんで黙っていること。

そしてたいそうな紹介をされた猫自身はといえば、夫人の声の余韻が消えるか消えないかのうちに、人間なら眉に相当する部分をわずかにひそめ、口を開いて小さなとがった歯をのぞか

せ、

「ニャー」

短くひと声鳴くと、丸山がすかさず、

「それはどうも、とおっしゃっています」

驚いたことに、通訳した。何も考えていないに決まっている猫の、適当な鳴き声に、もっともらしく意味づけをしたのだ。

とはいうものの鳴き声が絶妙のタイミングで、あたかも夫人への返答のようだったのも事実だ。ただし人間の言葉に置き換えるとしたら、「よけいなお世話だ」のほうが、顔つきや声の調子に合っている気がしたけれど。

「ともかく、おすわりになって――」

柳瀬夫人は立ちあがりかけてためらう。室内にはソファが三つあり、中で一番大きな三人掛けのものを岡崎と佐多が占領し、二人用のに彼女自身が腰をおろしていた。

来客が二人の人間なら、夫人は喜んでひとり用のソファに移動し、二人掛けのを客にすすめたことだろう。けれどもこの場合にそんなことをすれば、猫に席を譲った形になる。丸山が「雇い主」をさしおいて自分だけソファにすわるとは思えないからだ。そしてそれではあまりにも――

などと迷っているにちがいない女主人をしりめに、猫はさっさとひとり用のソファにねらいを定めていた。中腰になって勢いをつけ、ふわりとジャンプ。つかのま尻尾を波打たせると、音もたてずにソファの中央におさまった。

そこでスフィンクスみたいなポーズをとり、かしこまるでもなく、眠るでもなく、勝手にくつろいでいるようにに見える。そして丸山のほうはそのかたわらに立っているつもりだったらしいが、来栖が丸椅子を持ってきてすすめると、礼を言って腰をおろした。

「来栖さん、飲み物をお持ちして。何をおあがりになるのかしら、そちらの――」

部屋の調度をながめていたように見える猫が、またもタイミングよく「ニャー」と鳴き、「今のところはけっこうです、とのことです」またも丸山が通訳する。「わたしのほうも、もちろんおかまいなく」

一見遠慮しているようでいて、「いずれ気の向いた時に所望する」という意味にもとれ、猫の言葉にしろ、人のにしろ、相当厚かましい言い草ではある。

柳瀬夫人もやや鼻白んだようすで、アイスティーを飲み干していた岡崎の分だけお代わりを頼み、来栖が先ほどと同じものを持ってきた。

「ああ、どうも」岡崎が球形の氷をストローでつつき、「こういう形につくるのは手間でしょうけど、お洒落で、こちらのお宅にぴったりですね」

お世辞を言うが、どことなく気まずい雰囲気はそのままで、

「それはそうと、さっきの話」

それを払拭《ふっしょく》するように、柳瀬夫人が岡崎と佐多に向かって言う。

「あちらのお二方がいらっしゃる前に、途中まで話したあのことね」

その「お二方」のことはとりあえず無視すると決めたらしく、これはこれでしかたのないなりゆきといえた。

「わたしの叔父が亡くなった——殺された時のこと」

新たな来客にももちろん聞こえているはずだが、そんなぶっそうな言葉にも、猫がまばたきひとつしないのは当然として、丸山という男も顔色ひとつ変えない。

「わたしが見つけた時に部屋のようすがおかしかった、密室じゃなくその反対だったと言ったでしょう」

「ええと、そうでしたっけ?」岡崎が、あれからいろいろあったので忘れたらしくそんなことを言い、

「たしかに、そうおっしゃいました」佐多がうなずく。はっきりおぼえているが、あれはどういう意味だったのか。

「つまりこういうことなの。廊下との境のドア、庭に面した窓が開いていただけじゃなく、この部屋にある扉という扉、引き戸という引き戸がぜんぶ開いていた。

人が入れるような物入れから、食器棚や本棚、カナリアのいた鳥籠の扉まで。柱時計の振り子のところのガラス戸や、窓のそばにある通風孔の蓋《ふた》まではずされていた。大きなものも小さなものも、外に通じているのも、いないのも、ぜんぶの扉が開けっぱなしになっていたのよ」

どういうことだろう。しばらく沈黙がおとずれたあとで、

「泥棒が入って、金目《かねめ》のものを探したということですか?」誰もがまっさきに思いつくことを

岡崎が言い、

「そうかもしれない」柳瀬夫人は譲歩するようにうなずく。「叔父がいつも現金を入れていた小さな戸棚も開いていて、中は空《から》っぽになっていたし。だけど——」

「だけど?」

「お金がそこになかったのは、たまたま叔父が使ってしまったのかもしれない。それに金目のものというなら、売ればそこそこの値段になるようなものがいろいろ残っていたのよ。叔父のつけていた腕時計とか。そういうものを放っておいて、切手しか入らないような小物入れまで開けたりするかしら」

たしかに、聞けば聞くほど、おかしな話と言わざるをえない。

「せっかくだから、順を追って話すわね。おぼえているかぎり何もかも」

柳瀬夫人は前置きをし、背筋を伸ばして語りはじめる。

「当時この家には深沢《ふかざわ》という表札がかかり、わたしの叔父がひとりで暮らしていました。奥さんはいたけどずっと前に離婚して、子供もいない。血のつながった親戚といえばそのころにはわたししかいなかった。

もともと羽振りのよかった人で、退職後も悠々自適、お料理も掃除も自分でやり、手にあまることを月曜と木曜に来る家政婦さんに頼んでいました。そのほかに『身内でなくては』というような相談事があるとわたしに電話してきて、わたしがこちらに顔を出すなんてこともあった」

夫人は当時住んでいたという、同じ沿線の町の名前をあげ、

「わたしのところから駅まで歩いて、電車に乗ってまた歩いて、何やかやで三十分、場合によっては四十分近くかかったかしら。まあそんな呼び出しがしょっちゅうあったわけではないですけどね。

それが三年前、まだ夏のはじめなのに変に蒸し暑かった晩のこと。たしか水曜の八時半くらい。叔父から電話があって、家のようすが変だと言うの。誰もいないはずの一階から物音が聞こえる、不安なので見にきてもらえないかって。

正直なところ、わたしはあまり真剣に考えませんでした。叔父は戸締まりをきちんとするほうだし、それに泥棒なら留守の家をねらうか、人が寝静まっている夜中に忍びこむものでしょう。半端な時間に、明かりのついている家にわざわざ入ってくるなんておかしな話ですからね。でも叔父が不安がっているので、むげに断るのも薄情だろうと、出かけていくことにしたんです。

それで着いたら呼び鈴《りん》を押しても返事がなく、そのくせ玄関の鍵はかかっていない。変だなと思いながらあがっていくと、廊下の奥の居間、つまりこの部屋のドアが大きく開けっぱなしになっていて——」

中に入ると、叔父の深沢氏がうつぶせに倒れていた。夫人はそう言うのだった。

「あの時はぞっとしました。えんじ色の部屋着を着た叔父のまわりに、青紫のグラジオラスが散らばって、ぞっとするだけじゃなく美しいながめだったわ。叔父の背中がぐっしょり濡れて

いて、てっきり血だと思ったけど、そばへ寄ってみたら水だった。

叔父のうしろ頭に傷があり、そばに花瓶が落ちていて、底に水が残っていた。ほら、そこの棚に」

佐多たちの背後を指さし、

「金属でできた花瓶があるでしょう。把手《とって》のついた。あれと同じ形のもの」

棚に置かれたいくつかの花瓶に花は入っていない。どれもそれ自体が装飾になる凝ったデザインのものだが、夫人が指さした金属製のは比較的シンプルな形だった。高さは三十センチくらいだろう。

「叔父はもう息がなかったけど、とにかく救急車を呼んで、警察にも電話した。それからあたりを見回して、さっき言ったようなありさまに気がついたというわけ」

夫人は言葉を切り、一同は何となくため息のようなものをつく。一同といっても、そっぽを向いている猫と、かたわらでつつましく目を伏せている丸山を別にしての話だ。

「それで、警察は何と？」

佐多が遠慮がちにそうたずねると、

「警察はもちろん、あの人たちの仕事をしたわよ」

しばらく黙っていた女主人が、我に返ったようにしゃべりだす。

「いろいろ調べたけど、叔父が誰かに恨まれてるなんて話は出てこなかった。そりゃまあ、仕事の上でちょっとくらいはあこぎなまねもしたでしょうけど、どっちみち昔の話。引退してからは近所の人や学校時代の友達なんかと、トラブルもなく普通にやっていた。

　そこで警察の見立てでは、怨恨や何かじゃなくやっぱり泥棒だろう。忍びこんだ泥棒が叔父と鉢合わせして、とっさに部屋にあった花瓶で頭を殴った。いくつもある花瓶の中から、把手のついた持ちやすそうな形のを選んだんだろう。たまたま花が活けてあったから、あちこち散らばることになってしまったけれど。

　そしたら叔父があっけなく死んでしまった、そういうことなんじゃないかって。凶器がその花瓶ということはまちがいないし、傷もうしろ頭にたったひとつ。そんなに強い力でもなく、よっぽど打ちどころが悪かったということみたい。

　それで泥棒のほうはあわてて玄関から逃げていったんだろう、そういう話に落ち着いたわ。

「入ってくるほうはどうしたんでしょう?」

　佐多が反射的に口にすると、一同（やはり猫と丸山をのぞく）の視線が集まり、頬に血がのぼるのを感じた。

「何ておっしゃった?」

「あの、つまり、犯人が出ていったのは玄関からとして、入る時はどうしたんでしょう。玄関にしても窓にしても、もともとは鍵がかかっていたんですよね?」

「叔父様、深沢さんは、いつも戸締まりをきちんとなさっていたということですし」

　メイドの来栖が部屋の向こう側から言い、何となく自分に加勢してくれたような気がして佐多はちょっとうれしい。

「そのことですけどね。警察の人の話では、玄関も窓も、こじあけたような跡はなかったんですって。

だとしたら、どちらかに鍵がかかっていなかった。たぶん窓のほう。暑かったから昼間は窓を開けていて、夕方閉めた時に、うっかり鍵をかけ忘れたということじゃないかしら」

「でも——」

「叔父は戸締まりをきちんとするほうだった。さっきわたしはそう言ったけど、用心深いとか、臆病とか、そういうのとはちょっとちがっていたの。

それよりは、プライドが高いというのかしら。泥棒そのものが怖いというより、自分が間抜けだと思われたくない——泥棒に入られるようなへまをする人間と見られたくない、そんな気持ちがなみはずれて強い人だった。

臆病な人だったら、鍵をかけ忘れることなんてまずないでしょう。怖さが先に立って何度も確認するはず。でも叔父の場合はちがうから、どこかに隙があったんだと思うわ」

「なるほど、そういうこともあるかも——」岡崎が言いかけるのを、

「あるかもじゃなく、あってもらわないと困るのよ」柳瀬夫人が思いがけなくぴしゃりとさえぎり、

「あら、ごめんなさい、失礼な言い方をして。それもさっき、あんな大きなシャンデリアを上手に取りつけてくださった人に」

天井のほうを手で示し、岡崎にお世辞を言う。

「だけど、考えてみて。玄関がこじあけられたり窓ガラスが割られたりはしていない、おまけに叔父は鍵をかけ忘れていない――としたらどうなる？　合鍵を持ってた人間が叔父を襲った、そういうことになってしまうじゃない」

「つまり――」

佐多と岡崎、それに来栖がいっせいに柳瀬夫人の顔を見た。

「ええ、そうよ」夫人は挑戦を受けるように胸を張って、「鍵を持っていたのはこのわたしと、あとは別れた奥さんくらい。離婚したあと鍵を替えたりはしなかったみたいだから。だけど彼女は北海道に住んでいて、アリバイがあるし動機もない。別れたのもずっと前の話で、今さら恨みつらみもないでしょう。

いっぽうわたしのほうはアリバイがない。何しろ第一発見者だから現場にいたことはたしかだし、死亡時刻なんて分刻みでわかるものではありませんからね。そして――」

動機ならある。誰も口にしなかったが、そういうことになる。何しろ、深沢氏のたったひとりの親族で、氏が亡くなれば「家やら何やらを相続」する立場なのだから。

「警察にあれこれ訊かれたのは事実よ」夫人は一同に向かってうなずき、「まったく、うるさいことったらなかったわ」

「逮捕されたんですか？」来栖が真剣な顔でたずね、

「ばかをおっしゃい」夫人が一蹴《いっしゅう》する。「ただ相続人だというだけで、わたしのような善良な市民を逮捕なんかするもんですか」

「現場の証拠とかは？」来栖はなおもきまじめに、「何か、ほかの人が犯人だとわかるようなものは残っていなかったんでしょうか」

「たとえば」今度は佐多が加勢するつもりで、「足跡とか？」

「家の中にはなかったわ。家の外にも。庭だって芝が敷いてあるから、はっきりした跡は残らないし」

「あと――」佐多は大事なことを思い出し、「そうだ、指紋はどうです？　凶器の花瓶や何かに残っていなかったんですか」

「指紋ね」夫人は肩をそびやかし、「花瓶からも、ほかのところからも、叔父自身のほかには二人分しか出てこなかったわね。家政婦さんのと、それからわたしのと」

向こうのソファで「ニャー」というかすかな声がする。短く鳴いた猫のほうへ、丸山がいくぶん身を寄せ、とがった耳に何ごとかささやいた。

「まあ、手袋でしょうね。ちょっと気のきいた泥棒なら、手袋をはめるくらいするでしょうからね」

作業用の手袋をもてあそびながら岡崎が気軽に言うが、佐多は自分が指紋のことを言ったのはまずかったかなと思っていた。

柳瀬夫人はどうやら、現場に落ちていた花瓶を手にとってしまったらしい。その結果、というだけではないだろうが、警察からそれなりに「容疑者」扱いを受けたらしい。

ひどくしぼられたわけではないにしても、かなり不快な思いをしたのではないだろうか。たしか小説で「第一発見者は疑われる」なんて言葉を読んだことがあるし、夫人の場合はそれに加えて、相続人でもあるのだから。

わざわざ引越してきてこの家に住んでいるのは、「自分にはやましいところなどない」というアピールなのではないだろうか。佐多はそう思ういっぽうで、前に住んでいたところというのがここよりはるかにつましい場所で、快適さを求めて引越しただけなのかもしれないとも思う。

裕福な叔父の、あまり裕福ではない姪。そんなのは世間にざらにあることだと佐多も知っている。たいてい卑屈になるか片意地になるかのどちらかだということも。そういう立場で、叔父が殺されて亡くなり、しかも自分が唯一の身内だとしたら、犯人が見つかり事件に決着がつくことを誰より望むにちがいないのだ。

「犯人がちゃんと見つかるといいんですけど」

そう口にしたのは、佐多自身ではなくメイドの来栖で、佐多は少なからず驚いた。

顔はあいかわらず無表情、そっけない口調ながら、雇い主の気持ちを思いやっているにちがいない。そう考えると来栖のことが好ましく思えてきた。すでにそうだったとすれば、それまで以上に。

「メイドの立場でこんなことを言うのは差し出がましいんですけど、何かできることはないでしょうか?」

「できること?」

「状況から推理して、手がかりが見つからないかやってみるとか」

「そんな、探偵みたいな。それに今さら――」

困惑顔の柳瀬夫人をしりめに、来栖は佐多たちのほうを向いて、

「お二人も、どうか協力してください」

「まいったなあ、そんなふうに言われると」

この家に来た時、「好みは別のタイプ」と言っていたわりに、岡崎はでれでれした顔つきになる。かわいい女の子に「協力して」などと言われると、やはりまんざらでもないらしい。

「推理なんて柄じゃないけど、ちょっとやってみるかな」

「推理というなら」佐多が思いきって言う、「やっぱり一番の謎、つまり部屋じゅうの扉や引き戸がすべて開いていたのはなぜか――そこにうまく説明がついて、犯人の意図がわかれば、おのずと正体もわかるという気がするんです」

「いいことを言うね」岡崎が感心したように、「じゃ佐多くん、お願い」

「お願いって?」

「その説明というやつをやってみてよ」

「そんなに急には――」

「だったら、こういうのはどうかな」岡崎は太い腕を組み、「犯人は普通の泥棒じゃない。ただ金目のものを探してたわけじゃなく、はっきりした目的があった」

「そう、何か特別なものを探してた。それがあるとわかった上で、この家に押し入ったんだよ。すごい価値があるけど、サイズは小さい。たとえば宝石なら、豆粒くらいの大きさでもとんでもない値段になるよね。それを見つけようと、部屋じゅうの扉という扉、小さいやつまで残さず開けた」

「でも」来栖が冷静に、「そんなに価値のあるものなら、金庫とかそれなりの場所にしまっておくんじゃないですか」

「そうはいかない事情があったんだよ」

「どんな?」

「叔父さんは実は窃盗団の一味だった。退職後に第二の人生というやつをはじめたんだな。それが仲間を裏切って、盗んだ宝石を持ち出した」

岡崎は幾重にも失礼なことを言う。

「もとの仲間が取り返しにくることはわかっている。そうなれば、何しろプロだから、へたに金庫なんかへ入れといた日には金庫ごと持っていかれてしまう。だから思いがけない場所、普通はあると思わないような場所にあえてしまっておくはずで、仲間もそれがわかっているから——」

「申しわけないけど、あまりありそうには思えないわね」

柳瀬夫人が言葉をはさむ。失礼な仮定に気を悪くしたようすはなく、

「面白い話だけど、もし叔父がそういう立場だったら、まちがっても窓の鍵をかけ忘れるなんてことはないでしょう。それからまた、夜に物音がしたからといって、わたしを呼び出すこともないと思うの」

「呼び出すとしたら、腕っぷしの強そうな男の人ですよね。岡崎さんみたいな――」

そう言った佐多の視界の隅で、何かが動く。ひとり用のソファに身を起こした猫が、首を伸ばして前脚をなめているのだった。

人が真剣に議論している横で、猫がのんきに毛づくろいをしている。それだけならよくあることだし、猫というのはそういうものだろう。ただしいい年をした人間の男が、「何かお手伝いできることがあれば」みたいな顔でその猫のかたわらに控えているとなれば、やはり奇妙な光景というほかはない。

ソファが黒なので、猫が上体を起こすと胸の白さがきわだち、体をひねって背中を見せた時は背景に溶けこむような形になる。見るともなくそれを見ていた佐多は、ふいにあることを思いつき、

「そうだ」大きな声を出す。「犯人は何かを見つけたかったんじゃなく、隠そうとしたというのはどうでしょう」

「えっ、どういう意味?」

「わざわざすべての扉を開けた目的は、ある特定の扉が開いているのを隠すことだった。そういう意味です。

木の葉を隠すなら森、とか言いますよね。ひとつだけなら目立つものも、たくさんの同じようなものの中にまぎれこませれば目立たない。犯人が開ける必要があったのは、たったひとつの扉だけ。そのたったひとつを埋もれさせるため、ほかの扉を開けてまわったんです」

言い終えた佐多は手ごたえを感じた。聞き手たちは彼の顔を見つめ、たしかに感銘を受けている。

「それで、そのたったひとつの扉というのは？」柳瀬夫人が期待をこめた目つきで、「犯人は何のためにそこを開けたの？」

「それは、その――」

たいへん遺憾なことに、佐多はその先を思いついてはいなかった。

「もしかしたら」来栖が身を乗り出し、「侵入経路かもしれませんね」

「侵入経路？」

「そもそも、おかしいと思ったんです。警察の見立てで、深沢さんが窓の鍵をかけ忘れ、そこから犯人が入ってきたというところ」

メイド服を着たか細い娘が、表情はほとんど変わらないまま、瞳だけを輝かせて言う。内心興奮していても顔つきに出ないたちなのだろう。

「泥棒なり、別の目的を持った誰かなりが、この家に忍びこむつもりでやってきた夜に、ちょうど窓の鍵がかかっていなかった。それって、あまりにも偶然がすぎますよね。犯人にとって好都合すぎます」

「まあ、たしかにそうだな」

「だとしたらどういうことになるの？」

「犯人が来た時は、窓にも玄関にも鍵がかかっていた。そう考えるほうが自然です。その状態で中に入るために、犯人はトリックを使った。何か特殊な、その人にしか使えないトリックを使ったんだと思います。

その時に、外に通じている小さな戸口を開けた。そしてそのことを隠す――トリックの性質から自分が犯人だとわかってしまうのを避けるために、ほかの扉や引き戸を開け放したんです」

「小さな戸口」柳瀬夫人が首をかしげ、「小物入れの扉とかじゃなく、外に通じているのって――」

「あそこにある、あれのことです」

庭に面した壁を指さす。窓の上端に近いところに、プラスチックの蓋をかぶせた丸い穴がある。

「あの通風孔？　十センチもないあれ？　たしかに事件の時は蓋が取れて開いていたけど――」

「エアコンのダクトを通す穴です」と岡崎。「エアコンをあちら側につけることもできるように、予備の穴を開けてあるんです。直径は八センチですね」

「あの蓋なら、ただかぶせてあるだけだから、外からはずすこともできるでしょう」来栖がそう言い、

「でも、あんな穴から人が入れないのはもちろんとして」柳瀬夫人が念を押す、「腕をつっこ

んで窓の鍵を開けることもできないわよ。ずいぶん離れているから」

「はい。だけど、そこから小さな動物を入れることはできます。八センチというと、たとえば猫には無理でしょうけど——」

かすかな咳払いのような音。発信源は毛づくろいを終えてくつろいでいる「ニャン氏」としか思えなかったので、一同驚いてそちらを見た。猫の咳払いなどというものは聞いたことがなかった——少なくともこんなふうに、「猫」が話題になったタイミングでは。

「イタチとか、フェレットとか——」

「そういう動物を中へ入れて、それに鍵を開けさせるというの?」

「はい、無理でしょうか?」

「フェレットというのは、知り合いが飼っているけど、あれは相当ばかだと思うわ」夫人はずけずけと言う。「イタチは賢そうだけど、そうそう人間の言うことを聞くとは思えない。それに、そのどっちにしても、窓の鍵を開ける力があるとは——」

「言っちゃ悪いけど」岡崎が口をはさむ、「それ以前に、おかしいですよ。動物にしろ何にしろ、トリックを使うために小さな戸口をひとつ開けた。そこまではOK。そのトリックを使ったことを隠したかった、これもOK。

だけど隠したいとしたら、用がすんだ時点で、ひとつ開けたその戸口を閉めておけばいいじゃないですか。ほかの扉やなんかをわざわざぜんぶ開けるより、そうするほうがずっと早い」

まことにごもっとも、岡崎の言う通りだった。佐多が土台をつくり、来栖が石を積みあげて築いた論理の城が、砂でできていたようにあっけなく崩れ去ってしまったのである。

「でも、だとしたら、犯人はどうしてあんなことを――」

「さあ」岡崎はお手上げというしぐさをして、「猫の手も借りたい、とよく言うけど、実業家でしかも作家だというそちらの猫さんに知恵を貸してほしいところですね」

ソファの上でまたしてもスフィンクスのような姿勢をとっている、白黒の猫のほうを向くと、

「どうです先生、何か意見はありませんか?」

この時の岡崎は、もちろん冗談を言ったに決まっているのだった。

けれども猫のニャン氏は、ペパーミントグリーンの瞳で岡崎の顔をまっすぐ見つめ、またしても絶妙のタイミングで、

「ニャー」

と鳴いた。これまでの「ニャー」よりわずかに長く、抑揚《よくよう》もあるような気がした。あえて言えば、岡崎の質問に対し、質問を返したかのような響きがあった。

「今のは何て言ったんです?」

かたわらに控えた丸山に岡崎がたずねたのは、冗談のつづきともとれる。けれども案外本気だったのかもしれない。

ずっと黙っていた丸山がひさしぶりに口を開き、

「カナリアはどうしたのか、とおっしゃっています」

「カナリア?」

佐多は意表をつかれた。ほかの面々もそうだっただろう。言われてみれば「カナリア」という言葉は、たしかに今日聞いた話の中に出てきた。けれども、今の今まで、まったく意識から消えていたのだ。

猫はそれからさらに二声ほど鳴き、

「鳥籠にカナリアがいたはずだ、とのことです」

「ええ、たしかに」柳瀬夫人が我に返ったように言う。思いがけない流れに気をとられ、猫にうながされて話しているという不条理さはとりあえず意識から飛んでいるようだった。

「カナリアがいました、というより、いたはずなの。わたしも姿を見てはいないけど。そもそも叔父が飼っていたわけではなく、お友達のもので、そのお友達がヨーロッパ旅行に行くという話を聞いて、カナリアをあずかると叔父のほうから申し出たんですって。前から一度飼ってみたかったからって。そのお友達の方が、あとになって、遠慮がちにそうおっしゃっていました。

叔父は大事に飼っていたはずだけど、あの晩、わたしがここへ来た時にはどこにもいなかった。事件のせいで逃げてしまったのね。鳥籠の扉も、部屋の窓も、犯人が開けっぱなしにしたものだから」

ニャン氏が、今度は女主人の顔を見ながら短く鳴き、またしても丸山が引き取って、

「逆ではないか、とおっしゃっています」

「逆？」

だが猫はその先をつづけるつもりはないようで、

「これは、わたしの解釈ですが」猫の秘書兼運転手と称する男が前置きし、「事件の結果、カナリアが逃げたのではなく、カナリアが逃げた結果として事件が起こった。ニャン様はおそらく、そうおっしゃりたいのではないでしょうか」

「つまり――」

ここでニャン氏がひとしきり、これまでよりも長く鳴き、

「深沢様はプライドが高く、間抜けだと思われたくない、へまをしたと知られたくない気持ちが強い人だったはず。そうおっしゃっています」

たしかに、柳瀬夫人は叔父の人柄をそんなふうに描写していた。

「またもわたしの解釈ですが、そういう人がうっかりカナリアを逃がした――それも自分から申し出てあずかった、お友達のカナリアを逃がしてしまうなどということがもしあったら、その人は何をどうしようと考えるでしょう。

どうにかして失敗を糊塗《こと》し、自分ではなく他人のしわざと見せかけよう。そんな気持ちが働くのではないでしょうか」

「つまり、あなたが言うのは――」柳瀬夫人が言いかけると、

「わたしではなく、ニャン様がおっしゃろうとしていることです。ニャン様は頭脳明晰《めいせき》ながら言葉を惜しむところがあり、しばしば簡潔なおっしゃりようをなさるので、わたしが補う形になるだけです」

「あの猫が言おうとしてるのは、叔父は自殺をしたということ?」

ニャン氏が二声ばかり鋭く鳴き、

「そうではない、と」丸山が言う。「そこまでするつもりはなかったはず、とのことです」

「じゃあ、どういうことです?」と岡崎。

「わたしの解釈ですが――」

「差し出がましいようですが」来栖があいかわらずのきまじめな顔で、「猫のニャン様の言葉を通訳する時には、語尾に『ニャ』をつけたらどうでしょうか。そして丸山さんの言葉の時は普通にしゃべれば、前置きしなくても区別がつきます」

「なるほど、便利かもしれませんね。ではそれでやってみましょう」丸山のほうも大まじめにうなずいてから、

「深沢様がご自分で事件を起こしたとしても、まさか死ぬようなおつもりはなかったはずです。たしかに泥棒のしわざと見せるために、ある程度の傷を負うこと、それも自分の手ではつけられない後頭部に負うことが必要だっただけでしょう。

窓から家に忍びこんだ泥棒が、貴重品を探してあちこちの扉を開けた。そのついでに鳥籠の扉まで開けたので、カナリアが逃げてしまった。深沢様が泥棒に殴られ、昏倒《こんとう》しているあいだに。そういうストーリーを成立させたかったのでしょう。

小物入れや配管用の穴といった小さなものまで開けたのは、鳥籠の扉をその中のひとつとして『埋もれさせる』ためでしょう。先ほど佐多様、また来栖嬢がおっしゃったように」

「だけど、わからないわ」と柳瀬夫人。「叔父の頭には、たしかにうしろ側に傷があった。警察もそれが致命傷だって」

見つけた時のことを思い出したように身震いして、

「後頭部に自分で傷をつけることはできないって、あなたもさっき言ったじゃない」

「わたしのほうは、『自分の手では』つけられないと申したはずです」

「えっ？　どういうこと？」

「直接は無理だけど、何かのトリックを使ったということですか」

佐多が言うと、猫が一瞬佐多に向けたグリーンの瞳を岡崎のほうへ動かした。正確に言えば岡崎の手元のグラス、さらに言えばその中の、

「氷――ですか」

佐多が思わず口にすると、猫はつかのま白い胸にあごをうずめて、自信たっぷりに二声か三声鳴き、

「その通りだニャ」丸山があくまでもまじめな顔で言う。「いくつかの点からまちがいないと思われるニャ」

「いくつかの点？」

今度は物問いたげな鳴き声がして、

「その男が倒れていたのは、部屋のまんなかではなかったかニャ？」

「そう、たしかにそうでしたよ」

猫は一同の顔を順番に見、天井のほうへあごをしゃくったり、前脚を持ち上げて動かしたりしながら、高低、長短と調子を変えてしばらく鳴きつづける。

「氷を食べる趣味はないけれど、最初は固くて、放っておくと溶けることは知っているニャ。しかも、さっきの話だと、好きな形につくることができるはずだニャ。両側に引っかけるところのある形につくって、上のほうをあの枝に引っかけるニャ」

通訳をつとめる丸山が、片手をS字形に動かしてから、天井のシャンデリアをさし示し、

「ちなみに、小耳にはさんだところでは、あの照明器具は今日交換されたもののようですが、事件当時も似た形のものがついていたのでしょうか?」

「そうですよ」岡崎がうなずき、「今ははずしてあそこの箱に入れてあります」

ニャン氏は満足げな顔をしてまた何か言い、

「そして下のほうに花瓶の把手を引っかければ、しばらくのあいだそこにぶらさがっているはずだニャ」

「つまり――」

「いわば時限装置です。その真下に立つなりすわるなりしてうつむき、後頭部を天井に向けておけば、氷が溶けた時に花瓶の直撃を受けることができるわけです」

猫はさらにひとしきり鳴く。

「もちろん、あくまでひとつの可能性だニャ。でもそう仮定すれば、いくつかの疑問にうまく説明がつくニャ」

です。

「ひとつには、犯人が、たくさんある花瓶の中から花が活けてあるものをわざわざ選んだことです。

人を殴る凶器としてなら、空の花瓶のほうが扱いやすいに決まっています。ただしこの場合は花が入っていなければならなかった。花がなければ、水もないからです。トリックに使った氷が溶け、現場が濡れていても不審を招かないよう、こぼれた水が必要だったのです」

佐多をふくむ四人は言葉もなく聞き入っていた。本当に猫がしゃべっているのか、あるいはすべてこの丸山という男の言葉なのかも、もはや気にならなかった。

「それからもうひとつは、夜に不審な物音がするから見にきてほしいと、深沢様が柳瀬様に電話したことです。

もし本当に泥棒を警戒されたのなら、別の人を呼ばれたはず。近所づきあいもなさっていたというのですから、その中には誰かしら、柳瀬様よりは腕っぷしの強そうな人がおられたでしょう。また近所の人なら、呼ばれてすぐに駆けつけることもできる。

にもかかわらず、到着まで三十分以上かかる柳瀬様を呼び出したのは、あまりにすぐ来られたのでは困るという事情からでしょう。もちろん、氷が溶けきらずに残っていたのでは、自作自演のトリックがばれてしまうからです」

「疑問って?」

あいかわらず言葉もないままの一同に向かって、

「以上のような点から、深沢様は氷のトリックを使ったものと推察します。計画ではちょうど気絶する程度の傷を負い、それより軽かった場合は気絶したふりをして、柳瀬様の到着を待つつもりでしたが――」

ここで猫のニャン氏が一同の顔を見回し、もったいぶった中にいくらかしみじみとした響きもある声で鳴き、

「物事はなかなか思い通りにいかないものだニャ」

丸山がそう通訳してから、

「ともかく、花瓶が予想以上に重かったのか、形のせいか、あるいは深沢様の頭の角度か。打ちどころが悪かったという形になり、はからずも亡くなってしまった。それが事件の真相にちがいないと考えるしだいです」

言葉を切ると、それまで以上に姿勢を正し、丸椅子の上でわずかに体を後退させた。話はこれで終わりと宣言し、背景の中へ溶けこむような態度。

「あの――」

柳瀬夫人が、自分でもなかば気づかないかのように、ひとりと一匹のほうへ身を乗り出し、

「今のお話、本当に何といったらいいか」小じわに縁取られたつぶらな目をしばたたきながら、「うれしいと言っていいのかどうかわからないけど、やっぱりうれしいところもあるわ。叔父がそんなばかなことをしたとは思いたくないいっぽうで、いかにも叔父のやりそうなことだという気もする。

だけど――立派な推理を聞いたあとでこんなことを言うと、難癖をつけるみたいに聞こえる

かもしれないけど――」

「何でしょうか?」

「今のお話には、証拠がないわよね」夫人は遠慮がちに、「あくまで可能性とおっしゃった通り、本当にそういうことがあったとはっきりさせることはできないのよね」

猫のニャン氏が丸山のほうを見ながら短く鳴き、丸山が答えて何かささやいたあと、一同に向き直ってひとしきりニャーニャーと声を響かせ、

「運がよければ、見つかるかもしれないニャ」丸山の重々しい声が言う。「あるとすれば、部屋の隅の箱の中だニャ」

「箱?」

丸山が示したのは段ボール――岡崎と佐多が運んできた、新品のシャンデリアが入っていた箱だった。

「あの中に証拠が?」

「あの中に入れたとうかがった、この部屋にもともとついていたシャンデリアの枝のところにです」

「シャンデリアの枝に――」

ニャン氏がひと声短く鳴く。

「指紋だニャ」

「指紋?」

ニャン氏は今度はかなり長く鳴き、

「さっききみたちの話に出てきた言葉だニャ。人間が手で何かに触ると、誰が触ったかわかる跡がつくそうだニャ」

「そうだけど、シャンデリアの枝に、叔父の指紋が──」

「あるかどうかわかりませんが、もし発見できれば、少なくとも一考に値するでしょう。あのくらい大きなシャンデリアは、業者を呼んで取りつけてもらうのが普通です。現にこちらで今日なさったように。家の住人が何かするとしたら、電球が切れた時に取り替えるくらいですが、それだけなら枝に手を触れる必要はありません。

ですから、枝から深沢様の指紋がとれれば、先ほどの説の傍証《ぼうしょう》にはなるでしょう。むろん直接の証拠とはいえませんし、とれるかどうかもわかりませんが。

ただ、深沢様はぶっつけ本番で氷のトリックを実行されたわけではないでしょう。おそらくいろいろと下準備なり、実験なりをなさっているはずで、そのすべての時に手袋をされていたとはかぎりませんから、調べてみる価値はじゅうぶんあるかと存じます」

「わかりました」

柳瀬夫人はさっき以上の感銘の色を浮かべてソファから立ち上がり、

「本当にありがとう。何かお礼を──わたしにできることがあれば──」

猫のニャン氏とかたわらの丸山を見比べ、少し迷ったあげくに、ニャン氏のほうへ手をさしのべた。

ニャン氏はいたって冷静に夫人を見返して、短くひと声鳴き、

「ミルクを、とおっしゃっています。なるべくでしたら、磁器のお皿で」

丸山がひと呼吸おいて静かに言った。先ほどの推理の時のような、人馬《じんば》一体ならぬ人猫《じんびょう》一体ともいうべき調子は影をひそめていた。

「来栖さん、食器棚の奥にあるマイセンのお皿にミルクを入れてあげて。それから丸山さんにアイスティーを、こちらはグラスでね」

「いえ」と丸山、「わたしのことでしたらおかまいなく」

ほどなく来栖が、白地に青い模様の深皿に入ったミルクを運んできて、丸山の指示にしたがいソファの前の床に置いた。ニャン氏はひらりと床に飛び降り、皿のミルクをなめはじめる。首を伸ばした姿勢は優雅といえるが、のどが渇いていたのか、舌の動きはいくぶん無節操である。

「それにしても、いろいろなことによく気がついたものね」

こんなに小さい猫ちゃんが、と言わんばかりの口調で、柳瀬夫人がほめそやす。

「本当に」お盆を抱えた来栖があとを引き取り、「プライドが高くて失敗を隠したがるという深沢さんの性格、それに、誰ひとり思い出しもしなかったカナリアのことまで」

「僭越《せんえつ》ながら、わたしから説明申し上げれば」

ミルクに専念しているニャン氏のかたわらで、丸山がそう切り出す。

「プライドが高く失敗を隠すというのは、ニャン様の種族の特徴でもあります。『別にソファ

に飛び乗りたかったわけじゃなく、ちょっとジャンプしただけ』というふうに。ですから、こう申しては何ですが、深沢様のお気持ちを想像しやすい部分があったのではないでしょうか。

また、カナリアについては、ニャン様がお気づきになったのはきわめて自然ななりゆきです。ニャン様は猫で、昔も今も、猫はカナリアに関心を示すものと決まっていますから」

やがてニャン氏が磁器の皿から、もともと口元が白くミルクで汚れていてもわからない顔を上げ、ひげの先からついてもいないしずくを払うように小さく首を振ると、

「それでは、そろそろおいとまいたします」丸山は来た時のように深々と一礼する。「車の修理もできたころでしょうし。このような興味深い場所で休ませていただき、まことにありがとうございました」

歩き出す。その雇い主だという猫も靴下をはいたような後足と、手袋をしたような前足で意気揚々と歩き出すが、立ち去りぎわにふり返って佐多たちの顔をひとわたりながめる。頭をぐるりと回した動きが尊大な会釈《えしやく》のように見えなくもなかった。

玄関まで彼らを見送った柳瀬夫人が居間に戻ってくると、

「行ってしまったわね」軽くため息をついて言った。「さてと、お二方、もう一杯お茶はいかが?」

映画を見終わった人のように、たった今帰っていったひとりと一匹について、感想を交換したがっている。お相手なら来栖がいるが、多ければ多いほどいいという気分なのだろう。

お盆を抱えてこちらを見ている来栖自身も、彼らがもう少し残ることを望んでいるような気

が佐多にはした（気のせいかもしれない）けれど、

「いえ、もう失礼しないと」岡崎がもっともしごくなことを言う。「次の配達がありますので」

こうして二人は一礼し、電器店のロゴ入りの帽子をかぶって、傾きかけた夏の陽射しの中に出ていったのだった。

猫目の猫目院家

「俊英くん、何をしているの」

やさしくやわらかい――または今のところそんなふうに聞こえる女性の声。どこかで聞いたことがある。そう、母の声だ。

「いつまでもそうしていられないのは自分でもわかっているわよね。いいかげんに目を覚まさないと。起きなさい。起きなさい。起きなさい」

執拗《しつよう》な響きで佐多を夢の中からひきずり出したのは、母の声ならぬ、携帯の着信音だった。手に取って時刻表示を見ると十時すぎ――むろん午前中だ――発信元はアルバイトの派遣会社。

大学を休学中の佐多俊英はいくつかの仕事をかけもちして日々を送っており、この会社が斡《あっ》旋《せん》してくるのはその中のひとつ、一番きついが実入りもいい家電配送の仕事だった。配送会社社員のドライバーと佐多のような立場の助手が組んで、さまざまな品をさまざまな客に届ける。うるさい客もいるし、変わった客もいる。配達先で奇妙な事件に巻きこまれたこともある――もちろんたった一度だけで、同じようなことはこの先もまずないだろうが。

「ああ、佐多くん、出てくれてよかった」

夢の中の母の声のようにだんだんテンションが上がるわけではなく、最初からハイテンションの女性の声が言う。

「急で悪いんだけど、午後あいてる？」

「今日の話ですよね」

歓迎していないのがまるわかりの声だったはずだが、相手はそんなことには頓着《とんちゃく》せず、

「村田《むらた》くんって知ってるでしょう？　今日岡崎さんといっしょに回ってるんだけど、さっき実家から連絡があって、田舎に帰らないといけなくなったんだって。お父さんの病気とかで。だから今日はお昼で帰らせてほしいっていうのよ」

「それは大変ですね。だけど今日は土曜日だから、誰か――」

都合のつくアルバイトは簡単に見つかるだろう。そう言いかけた佐多の言葉を相手がさえぎり、

「でね、岡崎さんが、佐多くんをご指名なの。そういうことなら、ぜひ彼にって」

佐多はドライバーの岡崎の太い腕、ぬいぐるみの熊のような風貌を思い出す。明るい男で、バイトの学生にも親切だから、彼と組むのはいやではなかったが――

「どうしてぼくのことを？」

「さあ、わからないけど、それだけ佐多くんを信頼してるってことじゃない？」相手はかぶせるように、「それで佐多くんのほうは、その言い方だと予定もないし、具合が悪いわけでもないのよね？」

人の割り振りをするようなこうした仕事は、多少強引でないとやっていけないのにちがいない。そんな相手と、もともと気の弱いところのある佐多、それも起き抜けで頭がよく働いてい

ない時とあっては、話の落ち着く先は最初から決まっているようなものなのだった。

「いやあ、来てくれてよかった、よかった」

配送センターで顔を合わせた岡崎が、どんより曇った空を背景に、さわやかな笑顔でそう言った。まだ九月のはじめで、昨日まで暑かったというのが嘘のような、肌寒さすら感じさせる日のこと。

「実をいうと、相棒が佐多くんだったらよかった、今日は最初からそう思ってたんだよ」

「本当ですか？」さっきまで組んでいた村田は、学生アルバイトの中では力もあり、性格もまじめで評判のいい男のはず。「どういうわけで？」

岡崎は答えるかわりに、今日の配送先のリストを出してきてひろげ、

「ほら、ここを見て。この、最後にある名前」

太い指の先にあるのは、いくぶん――いやかなり――珍しい名前といわざるをえない。

「猫目院修造《ねこめいんしゆうぞう》」佐多は声に出して読み上げる。「猫目院、というのが苗字《みようじ》ですよね」

「そう」岡崎はさらに破顔して、「魅力的だろ？」

「魅力的？」

「ロマンをかきたてる名前じゃねえ？　小説にでも出てきそうな。それも――」

「推理小説、とかいうんじゃないでしょうね」佐多がいやな予感をおぼえながら言うと、

「それだよ」

半袖ポロシャツの似合う男選手権などというものがもしあれば、東京全体でも上位に入るのではないか。そんな想像すらかきたてる「体育会系」そのものの岡崎が、にやりと笑って片目をつぶる。

「いかにも事件が起こりそうな名前じゃん。おまけに『猫』とつけば、こないだのことを思い出すだろ？」

「いや、そんな――」

「だからここはひとつ、経験のある佐多くんと」

「冗談じゃないですよ」佐多は言わずにいられない。「またあの時みたいなことに巻きこまれるとでもいうんですか。人が死ぬような事件とか」

正確にいえば、事件そのものに「巻きこまれた」わけではない。目の前で人が死んだわけでもなく、過去の出来事をめぐるいきさつを聞かされただけ。

だがしかし、そのいきさつを聞いているところへいきなりあらわれ、「出来事」に対する新解釈を披露したのが猫――それも「実業家兼童話作家」などとたいそうな肩書きを持ち、人間の男を秘書としてしたがえた（とはいうものの、見たところはそのへんにいくらでもいるような）猫ときては。

そしてその猫がニャーニャーと鳴くのを、秘書が人間の言葉に置き換えた（と称している）内容が、不可解な出来事をまさに過不足なく説明してのけていたとあっては。

さらにまた、秘書がただ自分の思いつきをしゃべっていたにしては、猫の鳴き声があまりにタイミングよく、長さや抑揚《よくよう》がそれらしく、あたかも本当に猫が謎解きをしたかのように聞こえた――そんなことがあった日には、のちのちまで尾を引き、「あの時はとんでもないことに巻きこまれた」そう言いたくなるのも道理だろう。

いっしょにいた岡崎もそれは同じで、「二度とあんなことはごめん」と考えているはず。今の今まで、佐多はそう思っていたのだが、どうやらそうともかぎらないらしい。

「それもまた人生の彩りってやつだよ」平然と言う岡崎は、むしろそれを期待しているようにさえ見える。「そういうわけだから、ルートを組む時もちゃんと配慮した。その家を最後にしておいたんだよ」

住所や指定時間からルートを組むにあたって、「猫目院家」が最後になる回り方をあえて選んだというのだ。そうしておけば何かあっても――「事件」が起きるようなことが仮にあったとしても、余裕を持って対応できるというわけ。

「悪いけど、意味がないと思います」と佐多。「たしかに推理小説では、大げさな苗字の家でおどろおどろしい事件が起こったりしますけど、たまたまそんな名前だからといって、そうそう変なことがあるはずもないし」

そう確信していたのだ――その時は。

その午後の配達は珍しいほど順調に進んだ。道路には渋滞もなく、一戸建ての家には猛犬もおらず、集合住宅にはもれなくエレベーターがついていて、DVDプレーヤーのたぐいを箱から出してセットアップまでやってほしいとごねるような客もいなかったのだ。

そういうわけで彼らが、住宅地の角にたたずむ「猫目院家」の前に車を停めた時には、まだ日没には間のある時刻だった。とはいえ空は厚い雲に覆われ、太陽は空のどのあたりにあるのか判然とせず、遠くのほうから何やら不穏な風の音も聞こえてくる。

そして、もし一軒一軒の家にしっくりとなじむ天候などというものがあるなら、この猫目院家はまさしく今日のような空模様がよく似合う家だった。

西洋風の切妻《きりづま》屋根を載せた、それなりに立派で目立つ家だが、何より古く、外壁に細かなひびが入ったり端のほうが黒ずんでいたり、近づくとわかる程度の傷みがそここにある。窓はやや小さく疑り深げにすぼめた目のよう、庭木の色合いも天気のせいばかりでなくくすんで見え、敷地全体に陰鬱《いんうつ》な気配が漂っていた。

佐多が車のうしろで荷物を出そうとしていた時、その家の門からリュックを背負った男が出てきた。長身で立派な体つきと、それとはややふつりあいな、肩を落としいじけたような歩き方。顔はよく見えない——鳥打ち帽を目深《まぶか》にかぶり、ジャケットの襟を立てているせいだが、たぶん中年の男で、あごひげを生やしていたような気がする。

男はこちらに目もくれずに駅の方向へ角を曲がってゆき、それを見送るような形で、佐多と岡崎が門の前に立つ。

とはいえそもそも、こんなふうに二人で降り立つ必要などないのだった。何しろ届け物はノートパソコンひとつ。いかに厳重に梱包《こんぽう》されていても、ひとりで運べるのはいうまでもない。

この家で何かが起こるのを予期している、または楽しみにしている岡崎としては、車の中に残っている気などさらさらないのだろう。先に立って門柱のインターホンに来意を告げると、「どうぞ」という女性の声。玄関に着くころには開いた扉の奥に声の主らしい姿があった。

佐多の位置からは岡崎のうしろ頭しか見えなかったが、がくんと下がりかけたあごを急いでもとに戻すのがわかった。実際の話、扉の内側にいたのは、見る者のあごをがくんと下げてしまうような女性で、佐多自身ももう少しでパソコンの箱を取り落とすところだった。

ウェーブのかかった茶色っぽい髪の一部をゆるくまとめ、残りは背中に流している。焦《こ》げ茶のワンピースは普段着らしいシンプルなものだが、シンプルな形が、その人の体の線をかえってひきたたせている。というより世の中には、およそ何を着ても「体の線がひきたつ」ように見える女の人がいるもので、目の前の女性は間違いなくそんな中のひとりだった。

髪とワンピースの間にある顔はといえば、丸いながらも目尻の切れ上がった大きな目は離れすぎない程度に離れ、鼻はちょうど好ましいくらいに上を向き、ふっくらしたくちびるはこれ以上だと下品になりかねない手前にふみとどまっている。すべてが絶妙な顔というべきか、あるいはただひとこと「すごくきれいな人」と評するのが正しい態度だろうか。

「ご苦労さま」

少しかすれたところがあたたかみを感じさせ、聞く者の背筋をくすぐるような声で、その人は鷹揚《おうよう》に言う。年のころは三十くらい、どう見てもメイドや家政婦ではないが、かといってこの住人とも思えない。この女性はいかにも明るく生気にあふれ、いっぽう家の雰囲気は暗くよどんでいるからだ。

「お渡しするものがあるんだったわね。ちょっと待って」

この家では新品のパソコンを配達するだけでなく、古いものを受け取ることになっていた。新品がその分安くなる「下取りサービス」を注文主が申しこんでいたのだ。

女性は玄関先できびすを返し、豊かな腰と細い足首を見せつけるかのように（そんなつもりはないのだろうが）廊下を戻り、勝手知ったるようすであちこちの部屋をのぞく。

そんな彼女の姿を、岡崎が口を半分開けて見つめている。無理もない。ゴージャスで立体的な女性が好きと公言している彼からすれば、まさにストライクゾーンの真ん中のはずだった。

「どこにあるかわからないわ」佐多たちに言って階段のところへ行き、「叔父さん！　修造叔父さん！」

二階に向かって声をはりあげると、ややあって、何やら返事が聞こえてくる。

「配達の人がいらしたわよ」

やがて足音が聞こえ、長身の男性が階段を下りてこちらへやってきた。

注文主の「猫目院修造」は、押し出しの立派な五十代の紳士で、女性とは血縁らしく似たところのある顔立ち（大きな目の特徴的な形など）、ただし全体の印象はかなりちがう。女性の顔にはえも言われぬ親しみやすさがあるのに、こちらはやや狷介《けんかい》な印象。輪郭は面長で彫りが深く、髪には白いものが混じり、ひげはきれいにそっている。

「ああ、どうも失礼」伝票にサインして、「古いのは下駄箱の上の段ボールに入っている」

たしかに佐多のすぐ横に、それらしい大きさの段ボールがあった。だが手に取ろうとするとあまりにも軽く、

「すみません。この箱、空《から》みたいですが」

「そんなはずはない。きみたちが来たら渡そうと、そこに入れて置いておいたんだから」

修造氏はそう言って、みずから手を伸ばして蓋《ふた》を大きく開け、

「えっ！」大声を出す。「これはいったいどういうことだ？」

「あら、空っぽじゃない」女性ものぞきこんで、「本当にそこへ入れたの？」

「入れたとも。一時間も前から入れてあった」修造氏はドアのほうへ目をやり、「だとすると――」

「だとすると？」

「さっき養造《ようぞう》が出かけていったろう。あいつが持っていったとしか思えない」

佐多たちが車を停めた時に、門から出てきて駅のほうへ去った人物のことだろう。

「養造というのはわたしの弟で」佐多たちに向かって説明する、「これは姪の惇子《じゅんこ》、亡くなった兄の娘で、時々こうして顔を見せてくれるんです」

「惇子さん、ですか――」名前を聞いただけで岡崎はでれでれし、

「兄はわたしが逆立ちしてもかなわない秀才でしたが、養造というのは反対にどうしようもないやつで」修造氏はぼやく、「うちの会社でこれ以上ないような楽な仕事につけてやっても、それすら長続きしない。昼行灯《あんどん》というか、もっとはっきりいえば役立たずで」

「そんな言い方はかわいそうでしょう」

惇子は言うが、どこかしかたがないと思っているようなさめた口調ではあった。そんな彼女に向かって修造氏が、

「あいつが出かける時、話をしたかい？　どこへ行くか言っていた？」

「わたしがたずねたら、『海へ』なんて言ってた。急に海が見たくなったとか何とか」

「海？」

どこのどんな海だとしても、ここからでは電車に乗って数十分以上かかる。午後も遅い時間にふと思いついて見に行くような人はあまりいないはず。

「そう。気まぐれなのはいつものことにしても、ちょっとびっくりしたわ。夕飯までに戻ってきてねと言ったら『わからない』って」

「あのばか野郎、いったい何を考えているんだろう？」

「ぼくらと入れちがいに、リュックを背負って出ていった人なら」と岡崎、「うつむいて肩を落として、何だか重い足取りでしたね」

「と、いうことは――」

修造氏は眉根を寄せ、ひとりごとのように、

「もしかしたら、あれだろうか。断崖か何かから、パソコンを投げ捨てるつもりで――」

「パソコンを？　捨てる？　海に？」

岡崎が素頓狂な声を出す。それも当然の、わけのわからない話である。

「何だかよくわからないけれど」惇子が口を出して、「お渡しする古いのが見つからないなら、それはあとでということにしたら？　とりあえず新しいほうを受け取るだけにして」

「そういうわけにはいかん。今渡さないと、下取りキャンペーンの割引が受けられず、差額を払わないといけないからな」

「まあ、それは、たしかにそういうことになるんですが」

といってもおそらく一万円か、一万五千円くらいのはず。今の話のようなシチュエーションなら、ふいに出ていった弟の身を心配するほうが先ではないだろうか。

「養造叔父さんの携帯に電話してみる？」

「そうだな。そうしてくれ」

惇子が携帯を持ってきてボタンを押すと、家の奥からショパンか何かのメロディが聞こえる。養造なる人物が携帯を置いていったのだ。

「ああ、困ったな」修造氏は舌打ちし、それから岡崎に向かって、

「とはいうものの。万が一、あれが気持ちを変えて戻ってくるか、連絡してこないともかぎらない」

「はあ――」

「ですから、もし時間があるなら、客間のほうで待ってもらえませんか。十分でも十五分でも、あなたがたの都合のつく範囲で。それでだめなら、その時には差額を支払うということで」

こんな立派な家に住み、先ほどの話からすれば会社の社長なり何なりのポジションについて

いるはずだが、それにしてはこの修造氏、かなりの吝嗇家《りんしょくか》らしい。

しばらく待ってほしいというのもずいぶんな話だし、そもそも待ったところで望み薄という気もするのだが、

「いいでしょう」

岡崎はうなずいた。ここが最後の配達先になるよう、彼自身が準備しておいたのだから、時間はたっぷりあるといえる。

それに加えて、惇子という女性の存在も大きかったはず。客間へ案内してくれる彼女のはずむような足どりと、そのあとをついてゆく岡崎の夢見心地の足どりをながめながら、佐多はそう思わずにいられなかった。

「養造というのは、わたしの双子の弟でしてね」

家の横手にある客間で、昔風の大きなソファに岡崎と佐多を並べてすわらせ、修造氏は語りはじめる。

「わたしと同じだから、もういい年です。それだというのに中学生みたいなところがあって、何しろ人と話すのが苦手、ものごとを選んだり決めたりするのも苦手。

頭がすごく悪いわけでもない――いや、特別よくもありませんが、学校の成績などを見るかぎり非常に愚かというほどではないのに、状況に応じていろんなことをこなす、逐次判断しながら処理していく力がいちじるしく欠けているんですな。車の運転もできないし、仕事は何を

やらせても長続きしない。

今は家でぶらぶらして、パソコンが友達のはずですが、といってパソコンに詳しくなるわけでもない。インターネットだの何だの、通りいっぺんのことをするだけで。

それでも機種が古くなれば、いろいろと不都合が出てきますが、新しいのを買おうにも、たくさんある中からどれを選べばいいか見当がつかない。だからわたしが適当に見つくろって、これを買ったらどうだと言ってやる。その代金も出してやる——あいつは今のところ無一文ですからね。まあここにいるかぎり生活には困らないし、そう遠くないうちに財産だって手に入るのがわかっているわけですが。

見ているとまことにふがいなく、体が熱くなるほどの怒りをおぼえることもあって、これはわたしと顔がよく似ている——このところ伸ばしているあごひげと、もうひとつ、生まれながらのある特徴を別にすればそっくりといえる、その事実と無関係ではないでしょう。別の顔をしたきょうだいであれば、たぶんここまで腹が立つこともないのでしょう。

いっぽうで性格的なものはずいぶんちがう。わたしは会社の代表取締役——父のつくった会社で、その地位につくのはたやすかったとはいえ、ともかく会社ひとつ舵取《かじと》りをまかされて、さほど傾かせることもなく乗り切っています。とすればおそらく、別の会社に普通に就職していても、そうそう無能ということはなかったはず。

かたや養造のほうは、意地の悪い言い方になりますが、こういう家に生まれていなければ、世間の荒波に揉まれ、流されて、とっくに溺れてしまっていたにちがいない。そういうやつなのです」

岡崎が佐多のほうを見て、『どうした？』というような表情を浮かべる。典型的な肉体派のようでいて、案外繊細なところもあるから、佐多の顔つきから何かを感じとったのだろう。今の修造氏の話は、佐多にとって耳の痛いものだったのだ。

「そういうわけで」修造氏はおかまいなしに先をつづけ、「弟が使うパソコンをわたしが選び、わたしの金で買って、届けてもらう手配をしました。

ついでにキャンペーンの下取りサービスを申しこんで、古いのを引き取ってもらう手配もしました。買い替えにそなえて必要なデータはすべてコピーをとった、これで古いやつがなくなっても大丈夫——あいつ自身が自慢げにそんなことを言っていたからです。

ところが今日のこと。弟にその話をしたら——新しいパソコンを届けてくれる人が、古いのを持っていく手はずになっていると言ったら、あいつがぽかんと口を開けてわたしの顔をしげしげと見る。

それから言うには——何しろ口下手ですから『まくしたてる』というわけにはいきませんが、明らかにひどく怒って言うには、たしかに自分は『古いやつがなくなっても大丈夫』と言った。けれどもあくまで、『なくても自分は困らない』という意味であって、よそへやっても——ほかの人の手に渡してもかまわないなどとは、ただのひとことも言っていないと」

「はあ——」

「何を言いたいのかすぐにはわかりませんでしたが、要はこういうことらしいのです。いわく、パソコンにいったん保存したデータを完全に消すことは不可能である。『消去』のボタンを押したただけならもちろん、もう少し凝った手順を踏んだ場合でも、痕跡めいたものがあとに残る。スキルのある人間がその気になれば、復元することも可能だというんですな」

「ああ、たしかに、そんな話を聞いたことがあります」岡崎がわけ知り顔でうなずくと、

「その通りかもしれないが」修造氏はびっくりするような激しさで、「いったいどこの誰が、何が悲しくて、うちの弟の不要になったパソコンからデータを復元しようとなんてしますか？

勤め先の企業秘密が記録されているわけでもない——そもそも勤め先などありませんからな——友達づきあいもろくにないから名簿のたぐいも入っていない。そんなハードディスクを、しち面倒な手間をかけて、誰がのぞき見なんてするものでしょうか。被害妄想か自意識過剰、それ以外に呼びようがないじゃありませんか」

「まあそうかもしれませんが、弟さんの気持ちもわかります」岡崎がとりなすように、「パソコンの古いデータをどうやって消すか、真剣に悩むというのは、わりと聞く話なんで」

「本当に万全を期したければ、ハードディスクを取り出して、叩き壊すしかないなんて言いますよね」佐多も会話に加わる。「だけど相当面倒だから、結局普通に消去しただけで『まあいいか』となって、中古屋に売ったりするんですけど」

「それが健全な反応というものです」修造氏が断言する。「弟の問題点は、ディスクを取り出して破壊するスキルも、『まあいいか』と思い切る大らかさも、どちらも持ち合わせていないことです。無能なくせに自意識は人一倍、わたしが我慢できないのはそういうところなんです」

「わたしが来る前に、そんな騒ぎがあったのね」と惇子。「それでわかった。叔父さんたちが露骨におたがいを避けて、同じ部屋にさえいようとしなかったわけが」

修造氏はうなずくと、「そういうわけだから、弟はああしてパソコンを持ち出したんでしょう」

「こっそり箱から出して、持っていった?」

「そうです。自分の使っていたパソコンについて、わたしが勝手に下取りの手配をしてしまった。そのことに腹を立てて文句は言ったものの、もとはといえばわたしに買ってもらった品でもあり、そうそう表立って逆らうこともできない」

「だから、パソコンを持ち出して、捨てに行くことにしたわけですか」と岡崎。「海へ」

「そう。海へ」修造氏はまたうなずいて、「場所を選んで投げこめば見つかることもないし、また海水の中で腐食すれば、データの復元も無理でしょうからな」

「たしかにそれはそうかもしれませんが――」

岡崎は言葉を切るが、言いたいことは佐多にもわかるような気がする。

自分のパソコンのハードディスクにどんなデータが入っていたか、他人に知られるのはまっぴらで、捨てたり売ったりする前にすべて消去する。ここまでならごく普通の行動だろう。ただ消去するだけでは足りず、ディスクを抜いて壊そうとまでするのは、やや神経質な人。そして神経質だがそのスキルがない場合には、普通はあきらめるもので、わざわざ山に埋めに行く、海に投げ捨てに行くなどというのは、よほど偏った性格の持ち主くらいにちがいない。

一同それぞれの思いにかられ、沈黙が降りたところへ、インターホンのチャイムが鳴り響く。四人は反射的に顔を見合わせるが、

「養造叔父さん――じゃないわよね。もしそうなら鍵を開けて入ってくるから」

惇子が全員の頭に浮かんだことを口にして部屋を出てゆき、ほどなく戻ってくると、

「お客様」修造氏に向かって、「叔父さんとお約束があるって。お祖父《じい》様のお知り合いの代理の人だとか」

言われた修造氏はしばらくぽかんとしていたが、

「あっ、そうか。そういえば、あれは今日という約束だった」

「どうしましょう？　都合が悪いってお断りする？」

修造氏はしばし虚空《こくう》を見つめて考えたのち、

「いや、入っていただこう。取り込み中、といっても大したことではないのだし」

「それじゃ、ぼくたちはこのへんで――」当然のごとく口にした岡崎に、

「いや、都合がつくようなら、もう少しここにいてください」修造氏が懇願した。「椅子はたくさんあるし、別に内密の話があるわけではないので」

「そうですか。ではそういうことで」

岡崎が浮かしかけた腰をいともあっさり下ろしたのは、やはり「惇子効果」のせいにちがいない。

その惇子が案内に立つあいだ、修造氏は佐多たち二人に向かい、

「父と面識のあった実業家が、うちの一族の歴史について聞きたいんだそうです」と事情を説明した。

「いつか父にたずねようと思っていたら、父が亡くなってしまったということで。何でも苗字に『猫』という字のつく家系に興味があるとか。

わたし自身は会ったことがないけれど、噂ではかなり風変わりな人のようです。今日来るのはその実業家本人じゃなく、秘書か何かだという話ですが」

やがて惇子が戻ってきて、ドアを大きく開けると、入ってきたのは見覚えのある男――以前の事件の立役者である「ニャン氏」の秘書兼運転手、丸山と名乗る男にまちがいなかった。

びっくりして視線を下ろすと、彼の足元に、立役者のほうもちゃんといる。タキシードをまとい仮面をつけたような白と黒の猫が、尻尾をゆるやかなSの形にし、ペパーミントグリーンの瞳をあちこちへ向けながら、すました顔でいっしょに入ってきたのである。

「どうぞ、こちらへ」

修造氏は丸山にソファをすすめ、丸山が一礼して腰をおろす。いつかと同じような黒っぽいスーツに、今日はネクタイも締め、いかにも秘書然とした薄い折り鞄を小脇に抱えている。

そのソファのかたわらに、猫のニャン氏が白い胸を見せ、同じく白い前脚の先をきちんとそろえて腰をおろす。どうやら今日は、丸山の雇い主ではなく、ただの猫としてふるまうことにしているようだ。

さっき修造氏の話に出た実業家というのは、もちろんニャン氏のことにちがいない。けれども丸山がそのようにニャン氏を紹介することはなく、修造氏のほうはそんなことは思いもよらず、いっぽうでただの猫がその場に同席することも特別気にしていないようだった。

佐多と岡崎は視線をかわすが、二人とも何も言わない。丸山も、もちろんニャン氏も、彼らと以前会ったことがあるなどとはおくびにも出さない。修造氏が佐多たちの素性に触れ、弟の帰りを待ってもらっていると説明して、丸山と話をはじめる。

「それじゃあなたは、A・ニャン氏のところでお仕事をなさっているわけですね」

「おっしゃる通りです」

「ニャン氏といえば、気鋭の実業家ですが、謎の人物としても有名ですな。お名前からしても日本人ではないが、ではどこの人かとなるとわからない。企業経営者のあいだで名を知られているものの、ほとんど誰も会ったことがなく、わたしの父などは数少ない例外のようですね」

「そのようにうかがっております」

丸山は言葉少なに応じ、以前会った時もそうだった、と佐多は思い出す。四十くらいのやせた男で、顔立ちもたたずまいも見苦しくはないが、猫のニャン氏の通訳をしたり、それに説明を加えたりする時以外はろくすっぽしゃべらず、影のように控えていたのである。

「三浦《みうら》半島周遊の折に、うちの別荘に立ち寄ってくださったそうで、あとで父が話していたのをおぼえています。噂のニャン氏というのは、若年ながら、なかなか端倪《たんげい》すべからざる相手だった。目も耳も大したものだったと。

経営者や投資家にはいい目、そしていい耳が必要というのは、父が日ごろから言っていたことですが、ニャン氏についてはその両方をほめていました。何と言っていたかな。よく光る目、それに鋭い耳とか——耳が鋭いというのはちょっとおかしな気もしますが——」

とがった耳、と言っていたのではないだろうか。おとなしそうな顔でひげをしごいているニャン氏のほうを見ながら、佐多はそう考える。

「おほめにあずかり、光栄に存じます」と丸山。「それから、申し遅れましたが、お父様のご逝去《せいきょ》のこと、心よりお悔やみ申し上げます」

「ありがとうございます。まあ、年も年でしたし」修造氏はそう言って、

「その父にしても、ニャン氏にお目にかかったのは、父自身が経営からしりぞいたあとのこと。現役の実業家に対しては、あくまで謎の人物であることをお好みのようですな」

だからこそ、今ここでは、ただの猫という顔をしているというわけか。佐多と岡崎はそう納得して目配せをかわす。

「それだけでなく」と丸山、「現役をしりぞいた方といっても、どなたにでもお目にかかるわけではありません」

「つまり、父はお眼鏡にかなったと?」

「というより、何かでご縁があったのでしょう。それにお名前のこともありますし」

「うちの苗字ですね。『猫目院』という」

「はい。以前にもお話ししました通り、およそ『猫』という字のつく名前に、たいそう興味を持っております」

そんな話を聞いても、修造氏のほうでは、ソファのかたわらに行儀よくすわっている（今のところはまだ）白と黒の猫こそ「ニャン氏」の正体だなどとは思いもよらないらしい。まあそれが当たり前で、思いつくほうがおかしいような話ではあった。

「その一環として、うちの一族の歴史についてお知りになりたい。そういうお話でしたね」

「はい。よろしければ」

「では、わたしが聞いていることを申し上げましょう。話せば長いような、そうでもないような話ですが、わざわざ聞きにきてくださるのはありがたいことです」

丸山は折り鞄からノートとペンを出し、もともとまっすぐだった背筋をさらに伸ばす。その話に「たいそう興味がある」はずのニャン氏のほうは、狛犬《こまいぬ》のような姿勢にそろそろ飽きてきたのか、お尻を浮かせて上半身をくねくねさせ、聞く気があるのかないのかよくわからない態度。

「猫目院家の歴史といっても、傑出した人物も、また時代の転換点にたまたまいあわせたような人物も見当たらず、その意味では大してお話しすることのない、つまらない歴史ともいえます」

修造氏はそんな、身も蓋もないように聞こえる前置きをしてから、

「とはいっても長いことは長く、平安時代にまでさかのぼるそうです。とある貧乏貴族の家に、変わり者の三男坊がいた。

怠け者でだらしなく、どちらかといえば一族の恥のような人物だったそうですが、生涯にた

だ一度目ざましい働きをした。都で地震があった時、中宮《ちゅうぐう》のかわいがっていた猫が驚いて牛車《ぎっしゃ》から逃げ出し、行方がわからなくなってしまったのを、この人物が見つけ出したのです。

といって名探偵のような推理を働かせたわけでも、鬼刑事のように聞きこみをして回ったわけでもない。暇にまかせてその場所へ行き、ぶらぶらと歩いてみただけだそうです。たまたま川の上流にある炭焼き小屋を見て『中に入って昼寝をしたいような場所だな』と思い、のぞいてみたら、そこで猫が寝ていたというんですな」

「猫の気持ちのわかる方だった、というわけですね」と丸山。

「その通りです」修造氏はつづけて、「その時に帝《みかど》から褒美の品と『猫目院』の名を賜《たまわ》ったとのことですが、この名は今申し上げたエピソードだけでなく、本人の風変わりな気質——ほら、猫の目のように気まぐれ、などと言うでしょう。それからもうひとつ、肉体的特徴にも由来していたといいます」

「肉体的特徴？」

口をはさんだのは本来の聞き手の丸山ではなく、太い腕を組んで耳を傾けていた岡崎だったが、修造氏は特に気を悪くしたようすも見せず、

「そう」とうなずいて、「そのご先祖は、左右の目が別々の色をしていたそうなのです。

別々といっても、われわれアジア人の場合、もともと薄い茶色から黒に近い焦げ茶というバリエーションしかない。西洋人のような、また猫のようないろいろな色はありませんが、それでも右と左で極端なちがいがあって、会う人がみな驚くほどだったそうです。

こういうことは、猫には時々見られる現象ですよね。特に白猫にはよくある——とまでは言いませんが、わたし自身も実際に見たことがある、そんな程度の珍しさです。英語ではオッドアイ、日本では金目銀目と呼ばれて、縁起がいいとされたようですね」

猫の雇い主のもとで働く以上、そういうことは先刻承知なのだろう。丸山は『おっしゃる通り』とでもいうようにうなずいて聞きながら、ノートにペンを走らせている。床にすわっている雇い主のほうは、上半身をくねらせるだけでは飽きたらず、後足で首のあたりを掻きながら、それでも話を聞いてはいるらしく黒い耳の先をぴんと立てている。

「人間の場合は非常に珍しく」修造氏はつづけて、「原因については虹彩《こうさい》の病気、または遺伝子の問題など、いろいろな説があるようです。

まあ、なぜそうなったかはともかく、『猫目院』の最初のご先祖はそんな目をしていたという。そして、不思議にもというかうなずける話というか、千年の時をへだてて、一族の者に同じ特徴があらわれているのです。わたしの双子の弟、養造のことですが」

さっき養造の顔立ちについて話した時、修造氏が言っていた「生まれながらのある特徴」とはそのことだったのか。

「それで考えてみると」と修造氏、「わたしの弟——兄の口から言うのもなんですが何かにつけて出来が悪く、顔はわたしとそっくりだが、会う人が驚いて見直すような不思議な目を持った弟こそ、『猫目院家』の正当な後継者なのかもしれません。

そもそも役立たずであったり、気まぐれであったり——つまりは猫に似ているような人物が、われわれの最初のご先祖なわけで」

　猫を役立たず、気まぐれと決めつける発言に、ニャン氏は気を悪くしていないだろうか。佐多は丸山の足元のほうを見るが、握りこぶしくらいの大きさの顔には、どんな表情も見つけることはできなかった。

　とはいえ、だからといって気にしていないとはかぎらない。むしろ内心腹にすえかねていればこそ、ことさら無表情を装っているのかも。白いあごをつんと上げ、グリーンの瞳をいくぶん横目にしながらなおも首筋を掻いている姿は、そんなふうに見て見えなくもなかった。

「そして猫に似ているといえば、わたしたちの父親も、有能な人ではあったものの、いくらかそういうところがあったかもしれません。何しろ会社を一から興すなんていうのは、ただの秀才やまじめ一方の人間にはできない話ですからね。

　その父が、われわれ三人の息子のうち、一番の秀才であった兄には会社を継がせようとしなかった。難しい学校へ入れ、官僚にして、会社に便宜をはからせようという思惑でしたが」

　ここでニャン氏が後足の動きを止め、目を細めて「ニャーニャニャニャ」と鳴く。佐多が当てずっぽうで通訳すれば、「なかなか賢い選択だニャ」といったところか。

「これは途中まではうまく運んだものの、思いがけない出来事で挫折しました。兄が若くして、この惇子を残して亡くなってしまったことです」

　部屋の隅に腰をおろしていた惇子が、これを聞いてかすかにうなずく。

「ともかく、兄にはそんな期待をかけ、弟はあのような役立たずときては、残っているのはわたししかいない。

わたしが会社を継いだことは、必ずしも、父がわたしを評価していたということではないのです。むしろそうではなかった、三人の息子の中で一番平凡な、つまらない男だと思っていたのかもしれません」

ここでニャン氏が「ニャーニャー？」と問いかけるように鳴き、

「立ち入ったことですが、お父様はどのように亡くなられたのでしょう？」

丸山がたずねる。ニャン氏の言葉を通訳したのだろうが、表向きそういう形ではないので、いつかのように語尾に「ニャ」をつけたりはしない。

「ああ。それなら、亡くなったのは病院ですが、この家でのアクシデントが原因ということになるのでしょう。

ご承知の通り、父は引退後は葉山《はやま》の別荘で暮らしていましたが、都内に用がある時はこちらに戻り、そんな折にはたいてい惇子も来ることになっていました。お気に入りの孫――というより、たったひとりの孫で、この通り愛嬌《あいきょう》もあり、また惇子のほうも父に会うのを喜んでくれたのです。そうだね？」

「ええ、もちろん」

一見何でもないやりとりだが、修造氏の口調にはいくぶん棘《とげ》があり、それを受ける惇子のほうにはかすかに捨て鉢な響きがあるのが気になる。

「七月のあの日もそんな一日で、事故があったのは夕食後――わたしが風呂に入り、養造はノートパソコンを居間に持ち出していじり、惇子は食器の片づけをしていた時だそうです。そうだね？」

「ええ、そう」

「父はダイニングテーブルで雑誌をめくり、養造はもともと落ち着きのない男なので何かを思い出して自分の部屋に行ったり、そうかと思うとまた戻ってきたり。惇子は食事のあと片づけやら何やらで、要は父以外の二人は出たり入ったりしていたということです。わたしはその場にいなかったので、あとから二人に聞いた話ですが。

　そして、たまたま二人とも部屋を出ていた時に父が立ち上がって、歩き出すひょうしに足をすべらせ、うしろ頭をテーブルの縁にぶつけた。どうもそういうことらしい。けれども目《ま》の当たりにした者は誰もいなかったのです。

　わたしが風呂から出た時は父が倒れていて、二人が救急車を呼ぶやら何やら大騒ぎしていました。父は気絶した状態で病院に運ばれ、三日ほど入院したのち、意識が戻らないまま亡くなってしまったのです」

「あの、つかぬことですが――」ここで岡崎が遠慮がちに言葉をはさむ。

「何でしょう？」

「今の話に出たパソコンというのは、養造さんのノートパソコン、今日玄関の箱からなくなったのと同じやつですよね？」

「その通りですが、それが何か――」

「いえ、とくに何ということは」

岡崎があいまいに言葉を濁すと、「ニャニャ？」と問いかけるようなかすかな声がして、

「差し出がましいようですが」丸山がすかさず、雇い主の疑問を代弁する。「今のお話はどういうことでしょう？　パソコンがなくなった、とおっしゃるのは」

「ああ、そのことなら。ばかばかしい話だが、別に隠すようなことでもありません」

修造氏が今日のいきさつを説明しているあいだ、佐多には気になることがあった。隣にすわる岡崎の態度である。ぬいぐるみの熊のような顔のひたいにいつにないしわをきざみ、ほとんど聞こえないひとりごとをつぶやき、時々何かを否定するように頭を左右に振ったりと、明らかに挙動不審で、

「ニャーニャヤ、ニャンニャニャニャ？」

修造氏の話が一段落したところで、猫のニャン氏が、岡崎のほうをまっすぐ見てそう問いかけたほどだった。

「そちらの方は、いったいどうされたのでしょう？」

本当は岡崎の名前を知っているはずの丸山が、何食わぬ顔でそうたずねる。実際の話、岡崎が何を考えているのか、佐多としても聞きたいところではあった。

いや、もしかすると、聞かないほうがいいのかもしれない。

「すみませんが、ぼくのことは放っておいてください」

当の岡崎はそんな言い方をして、さらに一同の不審を招く。

「何ですか?」修造氏もいらだって、「何か考えておられることがあるなら、この際はっきりおっしゃってください」

岡崎はそんな修造氏の顔、そして惇子の顔を交互に見くらべたあげく、

「じゃあ、言います」と前置きして、「さっきも言った通り、パソコンのことです。今日養造さんがこっそり持ち出して、わざわざ海に捨てに行ったらしいノートパソコンが現場にあった。七月にお父様が倒れられた時、そのすぐそばにあったということです。

そもそも、おかしいと思ってたんです。ここへ来てすぐ、養造さんが『海にパソコンを捨てに行った』と聞いた時から。パソコンのデータの消去をどうしたらいいか、それを気にする人は多いけど、だからといって延々電車に乗って、サスペンスドラマの犯人みたいに断崖絶壁まで行くというのは、いくら何でも不自然じゃないでしょうか」

たしかにそうだ。佐多は内心で同意する。しかし問題はその先で、岡崎はいったい何を言おうとしているのか。

「で、ぼくが考えたのはこういうことです。養造さんが消そうとしているのは、データではないんじゃないか」

「データではない?」

「そう、つまり、パソコンそのものということです。ノートパソコンというのは手で持ち上げることもでき、それなりに重くて固い。言い換えると鈍器の一種ですよね」

岡崎が言おうとしていることが、おぼろげに、佐多の胸の中に像を結んできた。

「そしてお父様が倒れた時には、まわりに誰もいなかった」岡崎はつづける。「言い換えれば、実は誰かひとりがそばにいたのだとしても、ほかの人はそれを知らない——」

「そういうことですか」修造氏があきれた口調で、「父は足をすべらせたのではなく、家族の誰かがうしろから殴ったと言いたいんですか。ノートパソコンで」

「平たくて四角いものなら、テーブルにぶつかったように見せかけることができますからね」

「おっしゃるのは、叔父さんが」と惇子、「養造叔父さんが、お祖父様を——?」

「いや、そうともかぎらんよ」修造氏が意地悪く、「あの状況だと、そうする機会があったのは養造だけではない」

「わたしのことを言っているのね」

「まあ、そういうことになるね。とはいえあくまで可能性の話にすぎない。惇子もばかじゃない、兄さんの娘だからむしろ賢いはずで、いくら父の財産に対して権利がある——法律上、養造やわたしと同等の権利を持つといっても、それを行使する機会を早めようなどとは思わないだろうし」

少し前のやりとりとあわせて、惇子が金に困っていること、祖父から折々に援助をうけていたことは何となく推測できた。

「当たり前でしょう」惇子は憤然《ふんぜん》と、「だいいち、おかしいじゃない。もしそうだったら、どうして養造叔父さんがパソコンを海に——」

「惇子がやったのを知っていて、かばおうとしているのかもしれない。かわいい姪のために、ひとつ証拠を隠滅してやろうと。何しろああいう世間知らずの男は、惇子のような女に騙されるものだからね」

「ちょっと待ってください」と佐多。惇子が実際にどういう女なのかよく知らないが、それでも今の言い方はあんまりだと思えた。

「そもそも、あくまで一般論で、誰かが誰かをノートパソコンで殴ったとしても、そのことの証拠なんて残りますか？

指紋なんて拭き取れば消えるし、血がついていたって同じでしょう。布地みたいにしみこむわけじゃないんだから、きれいに拭き取ればそれまでという話になるんじゃないでしょうか」

「ニャーニャニャニャーニャーニャニャニャーニャ？」

「まことに差し出がましいのですが、そうでもないのでは？」

向こう側にすわるひとりと一匹が口を出してきた。見れば、猫のニャン氏が、いつの間にかソファに飛び乗って丸山のかたわらにおさまり、片方の前脚をひじ掛けにのせて、えらそうにふんぞり返っている。

「ニャニャニャンニャニャ、ニャーニャニャニャニャニャーニャニャニャニャ？」

「ノートパソコンには、すべてというわけではないでしょうがしばしば、内部の熱を放出するための穴が開いておりますでしょう？」

「その穴に——」

「飛び散った血が入りこむかもしれない、ということ？」

「はい。もしそうなれば、分解しないかぎり拭き取ることもできません。またノートパソコンの分解にはそれなりのスキルが必要で、誰でもできるわけではありません」

「でも――」

「だけど――」

「ニャニャ、ニャニャニャニャンニャーニャニャ、ニャニャニャ」

「とはいえ、別の考え方もあります。仮にノートパソコンが凶器だとしても、養造さんの行動が証拠を隠滅するためのものとはかぎりません」

「どういうことです？」

もはやニャン氏が自分の考えを述べ、丸山がそれを通訳していることは誰の目にも明らかと思えるが、話の内容が内容なので、修造氏も惇子もそんなことに頓着してはいなかった。

「ニャーニャーニャーニャニャニャニャーニャニャ、ニャニャニャーニャニャーニャ」

「現在その件で警察が動いていないなら、凶器のパソコンを下取りに出す――業者の手に渡してしまうのは決して悪い処理方法ではない。むしろ得策といえるのではないかニャ」

前回の癖が残っているのか、丸山は思わず「ニャ」をつけてしまったようだ。

「ニャニャニャニャニャニャーニャニャニャ、ニャニャニャ」

「それなのにそうしなかったとすれば、証拠の隠滅ではなく、むしろ保存ではないか――」

「保存？」

「海に捨てに行ったというのは嘘で、証拠であるパソコンを業者に渡すことをきらい、そのまま手元に置いておこうとした、という意味です。この場合持ち出した人物は犯人ではなく、犯人の弱みを握ろうとした、そんな話になりましょう」

「つまり、養造が惇子の弱みを？」修造氏は心底意外そうにそう言って、

「惇子、そうなのか？　養造に金を要求されたりしたのか？　父を殺そうとしたことを黙っていてやるからと」

金に困っていたはずのこの女性に要求しても無意味だろう、とはいえない。いずれ修造・養造きょうだいの父、惇子の祖父である人物の遺産が分配され、三人ともそれなりに金持ちになるはずだからだ。

「要求なんてされてないし、そもそも、お祖父様を殺そうとなんかしていません」

「ニャニャニャーニャニャニャ、ニャニャニャニャニャニャニャニャ」

「もちろん、今までのはあくまで仮の話です。『パソコンが凶器だとすれば』という前提で、いくぶん論理性に欠けるお話があったので、その欠陥を指摘しただけのこと。

その前提自体にさほどの根拠がないことからいって、これ以上追及する意味はないものと思われます」

「じゃあ」と岡崎、「結局、養造さんは、データ消去のために海へパソコンを捨てに行ったというわけ？　それだけのことで？」

「ニャーニャ」

ニャン氏は短く答えて、首を横に動かす。

「ちがうっていうの？　じゃあ何のために持ち出したんだ？」

「ニャニャーニャニャ、ニャニャニャニャニャニャニャニャニャニャーニャ」

「そもそも、養造さんという方がこの家からパソコンを持ち出したというのは事実でしょうか？」

「えっ？」

「その方が持ち出すところを、どなたかごらんになったのでしょうか？」

「いや、それは――」

「だけど、修造叔父さんが玄関の箱に入れておいて、それがなくなっていたという話だし」

「それに、ちょうどそのころ」佐多が口をはさむ、「リュックを背負った男が出て行くところを、ぼくら二人が見てるんですよ。顔はよく見えなかったけど、背格好は修造さんと同じくらいで、ということは」

「ニャニャーニャニャ？」

「ということは？」

「養造さんは修造さんの双子の弟で、顔もそっくりというんだから、背格好だってきっとそうでしょう。あごひげを生やしていたような気もするし、あれは養造さんでおかしくない。というより、状況からいえば、そうだったとしか思えない」

「ニャニャーニャ？」

「この家から出てきたこと。泥棒みたいにこっそりじゃなく、普通にドアを開けて出てきたことです。つまり赤の他人ではないということ、そしてその時より前にこの家にいて、その後いなくなった人といえば、養造さんということに——」

「ニャ」

「本当にそうでしょうか。今のお言葉は一見なるほどと思わせるものですが、どこかに穴はないでしょうか」

ニャン氏の言葉に対して、丸山の言葉がずっと長い。そこはやっぱり猫で、はじめのうちこそ熱心にやっていても、だんだん面倒くさくなってきたようだ。最後のひと声は「あとは任せる」という意味だったのではないだろうか。

「穴というのは？」

「その時より前にこの家にいて、その後いなくなった人。そちらの方は、今たしかにそうおっしゃいました。

そして養造さんという方が、『その後』この家にいらっしゃらないのはたしかです。けれども、『前』のほうはどうでしょう？」

「どうでしょう、とおっしゃると？」

「それより以前に、養造さんがこちらの家にいらっしゃったということは、そこまでたしかな事実なのでしょうか」

「状況とは？」

この言葉を受けて、修造氏も惇子も絶句していたが、

「えっ、そんな。もちろんいたでしょう？」

重苦しい沈黙を、ある意味無邪気に破ったのは岡崎だ。

「古いパソコンを下取りに出すっていう話から、直前に喧嘩《けんか》になったっていうくらいだし」

「でも、それは惇子さんの来る前のことですよね」と佐多。「それに――」

こうなっては、その喧嘩の話から惇子が言っていたことを思い出さないわけにいかない。

「二人は『露骨におたがいを避けて、同じ部屋にさえいようとしなかった』惇子さんはそうおっしゃっていましたよね」

「ええ――」

「つまりこうでしょうか。惇子さんは、今日こちらに来た時から、修造さんと養造さんの二人を同時に見たことは一度もない」

惇子の顔を見れば、答えは明白だった。だとすれば――

「ニャーニャニャニャ、ニャニャニャニャニャニャ、ニャニャニャニャンニャンニャニャニャ、ニャーニャーニャニャニャニャニャ」

しばらく休んでまたやる気になったらしいニャン氏が、ソファの上に身を起こして言い、

「他人ならぬきょうだいで、もともとの顔はそっくり」丸山がいつものごとく淡々と通訳、また言葉を補ってつづける。

「ただし一箇所か二箇所だけはっきりしたちがいがあるなら、これこそまさしく、ひとりがも

うひとりになりすます、いわゆる一人二役におあつらえむきの状況でしょう。

目の色というところは、昔ならサングラスでもかけなければごまかせなかったでしょうが、今は便利な道具もあります。あごひげについては、こちらは昔から、変装道具の定番といえますし」

「つまり、こういうこと？」と岡崎、「この修造さんが、カラーコンタクトやつけひげをつけたりはずしたり、服をちょっと着替えたりして惇子さんをごまかし、養造さんと自分の二人が家にいるように見せかけていたと。もしそうなら、ぼくらが来た時に家から出ていったのは――」

「ニャニャニャー、ニャニャニャニャニャニャニャ」

「修造さんと背格好のよく似た人、といえば何も双子の弟さんとはかぎらず、修造さんご本人で、そのあと裏手にまわり、窓から家に入られたのではありませんか。二階からだとすれば、あらかじめ梯子《はしご》をかけておくなり何なりして」

「だとしたら」と岡崎、「惇子さんが来た時にはすでに、弟の養造さんはこの家にいなかった。もしそうなら、どこにいたんです？」

この言葉のあと、猫目院家の客間にしばらくのあいだふたたび沈黙がおとずれ、

「ニャーニャ」

それを破ったのはタキシードをまとったような白と黒の猫だった。

「海に」

丸山がいつもの無表情で、厳粛《げんしゅく》に、かつていねいに、その言葉を口にする。

「おそらくそういうことではありませんか。養造さんのふりをした修造さんが、惇子さんに『海へ行く』とおっしゃった以上、養造さんが発見されるとすれば海――そういう手はずなのでしょうから」

「発見される？」

「昨夜遅くか、今日の未明。あたりに誰もいない時間に、車庫にある車を使い、修造さんが養造さんを海に運ばれた。そういうことではないのでしょうか」

「運ばれた、って――」

「その時には亡くなっていた、またはそう見えた養造さんをころあいの断崖絶壁へ運び、そして投げ落とされたのではないでしょうか。それから、おそらくはそのあとにつづけて、小道具であるパソコンも」

さすがに岡崎も言葉をはさまず、名指しされた修造氏も何も言わず、一同黙って耳を傾けていた。

「お話に出たような口論は、今日ではなく、昨夜にでも起こったことなのでしょう。そしてお話にあったより激しいもので、深刻な結果を招いてしまったのでしょう。

そのことを糊塗《こと》するために、修造さんは、養造さんが自分の意志で、自分の足で歩いて家を出て、そののちに亡くなったというストーリーをつくりあげなければならなかった。結果として出てきたのが『みずから断崖絶壁へ行き、重いパソコンを投げ捨てようとして、あやまってご自身も足をすべらせた』というものです。

海を選んだのは、おそらく、場所によっては発見すらされない――または相当時間がたってから発見され、遺体の状況からいきさつがわかりにくくなっている可能性も高いことからでしょう。

昨夜遅くまたは今日未明に、車で海へ行って一連の作業をおこない、帰ったあとも必要となる準備をして、午後には一人二役で惇子さんを迎えた。

そのあと窓から見下ろし、家電配送の車が着くのをみはからって、養造さんとして惇子さんと言葉をかわし、家を出た。パソコンを持って――ではなく、それが入っていたという玄関の箱は最初から空だったのでしょう。

ひそかに家に戻ると、修造さんとして配送業者の方と会話し、警察からの一報が入るまで無邪気にふるまっている姿を印象づけるべく、目撃者を増やしながら、その瞬間を待った」

丸山は言葉を切ってすわり直し、折り鞄をひざに抱える。微妙な姿勢の変化で、いかにも「秘書」らしく、立ち入ったことなどおよそ言いそうもない姿になった。

かたわらのニャン氏はと見れば、いつの間にかソファから降り、カーペットの上で毛づくろいなどして、こちらも普通の、ただの猫としか見えない。そんなふりをしているというより、これはこれで地と思えるのだが、それにしても先ほどまでの「探偵」ぶりが嘘のような姿ではあった。

双子の弟を殺害し、そのことを隠すために一人二役で姪を、作り話で配達に来た業者たちをあざむいた――そう指弾された修造氏は陰鬱な表情のまま何もしゃべらず、沈黙こそが何かを物語っているという印象を周囲にあたえるにまかせている。その修造氏から、もしじゅうぶんに賢くなければ資産家の祖父を殺害してもおかしくなかった、そう評されたも同然の惇子もこわばった表情のまま黙っている。

岡崎も佐多も黙っている。理屈の上では「それじゃぼくたちはこれで――」と言って帰ってもかまわないはずだが、道義上そんなわけにもいかず、といって彼らの立場でほかに言える言葉もないからだ。

そんなわけで誰ひとり口をきく者もなく、気持ちの上では何分とも思える時間が流れたところへ、電話のベルの音がした。

どこでも耳にする、一般的な電話のベルが、この上なく不吉な音に聞こえた。佐多の脳裏にあったのは――おそらく彼だけでなく、関係者一同の頭にあったのは、警察からの電話、「猫目院養造さんらしい死体が発見された」という電話だったにちがいない。

ベルが鳴りつづける中、修造氏は重苦しい表情でうつむいたまま、やがて惇子が立ち上がり、おびえたような表情で、それでも気丈な足どりで部屋を出ていった。

途方もなく長く感じられる数分のあと、戻ってきた彼女は客間の入口に立ったまま、

「警察から」ぽつりと口にした。

「警察？」修造氏がうつろな声で、「じゃあ、養造が――」

「城ヶ島《じょうがしま》の近くの病院にいる、怪我をして、意識はあるけど言うことはあまりはっきりしない

って。

今朝早く、釣りに来た人が見つけた――遠くの崖の途中で木にひっかかっている叔父さんを見つけて、一一〇番と一一九番、両方に連絡したんですって」

惇子はいくぶん伏し目がちに、低いけれどもしっかりした声で、

「病院に運ばれて、いろいろ治療や検査があって、本人も話ができるようになったのがついさっき。自分の名前やここの電話番号はおぼえていたけど、どうしてそんなところにいたのか、前後のいきさつなんかはおぼえていない、よくわからないと言っているんですって。頭を打っているから、記憶障害があるかもしれない、病院のほうではそう言っているそう。

何となくだけど、警察の人は自殺を疑ってるみたいに聞こえたわ。ただ――」

「ただ?」

「頭にいくつかある傷のうち、ひとつがちょっと不自然で」惇子はうつむけていた視線を上げ、叔父の顔をまっすぐ見てつづける。

「頭の横のほうを、下から上に向かって殴ったみたいな、そんな形についているんですって。ほかの傷とちがって、落ちる時に崖にぶつかった傷ではありえない。といって暴力をふるわれてついた傷とも考えにくい。

考えられるのは、頭を下にして木にひっかかっているところへ、上から落石でもあってそれがぶつかったんじゃないか。だけど落石があるような場所でもないからおかしいですよね、そんなことを言ってた。ともかくうちへ話を聞きにくる、これからすぐに来ると言っていたわ」

「それでは、たいへんお邪魔しましたが、そろそろ失礼いたします」

丸山が言ってソファから身を起こし、猫のニャン氏も白い足先でカーペットの上に立ち上がる。

ひと呼吸遅れて席を立った岡崎と佐多が家の門を出たころには、ひとりと一匹の姿はすでになく、道端に停まった目立たない車からスーツ姿の二人の男が降り立つところだった。

山荘の魔術師

「オレンジジュースをいただけるかな」

八十代の男性客が、佐多の足音に気づいたのか、体ごとふり返ってそう言った。つい先ほどまで、壁一面のガラスごしに、霧につつまれた木立をながめていたのだ。

ジュースを持って行くと客はテーブルの上の皿を示し、『下げてほしい』という身ぶりをする。しばらく前に注文したサンドイッチが、半分ほど手をつけただけで残っていた。

九月も中旬に入ったこの日、高原のホテルに宿泊客の姿はまばらだった。そもそもシーズンが終わりかかっているのに加え、先日近くの火山が噴火したせいもある。

近くといっても距離はあり、噴火といっても小規模のもので、このあたりに危険はないとの話だったが、ホテルからも、近隣の別荘からも、予定を早めて引き上げる人があとをたたなかった。

そもそも佐多がここにいるのは、大学の同級生——正確にはもと同級生である友人から、夏休み終わりのアルバイトのピンチヒッターを頼まれたせいだった。理由は就職活動で、まず無理とあきらめていた会社から、二次面接に進めるという連絡が来たらしい。

電話してきた友人は、そこそこに名の通った会社の名前を口にし、「すごいじゃない」佐多がそう応じると、

「すごくないよ。どうせ二次で落ちるに決まってるし。いいよね佐多は、気が楽で」

休学中だから就職活動とは無縁で、という意味にもとれる——けれどもそうでないことは佐多自身よくわかっていた。

「ぼくも佐多みたいな立場に生まれたかったよ」相手はため息をつき、「何しろお祖父《じい》さんが、あの——」

「アルバイトの話だったよね？」佐多がさえぎり、「リゾートホテルの喫茶店でウェイターの仕事だっけ」

とはいうものの、友人の気持ちもわかる。佐多の母方の祖父は誰でも知っている大企業の創業者で、佐多は大学を卒業すればそこに就職することができ、無難につとめさえすればほどほどの地位が保証されている——と、かつての級友たちには思われていた。そして祖父は事実そのつもりらしいと、母が話していたこともあった。

能力や人柄においてまさっている級友たちをもさしおいて、自分の前にそんな道が開かれているという可能性。それに反発するほどやりたいことも、強い性格も持ちあわせていないものの、家庭内の事情もあって素直には喜べず、それでもはたから見れば「結構な話」にちがいないという自覚もあり、そういったあれやこれやが佐多の休学理由の半分くらいをしめていた。いや、残り半分もそのことと無関係ではないのだから、七割五分くらいか。

ともかくそんないきさつで、佐多はこの高原の避暑地にやってきたが、着いた早々に噴火があったので仕事は暇だった。もう少しタイミングがずれていれば、店のほうもアルバイトの補充をしようなどとは考えなかったはず。

　現に今も、狭からぬ喫茶店に、客はその老人だけ。接客する側はその倍――奥にいる店長を抜きにしても、ウェイトレスの仁木《にき》さんと佐多の二人がいる。

　仁木さんは地元の女性で、しっかり者という印象。店長によると「若く見えるけど佐多くんよりずっと年上で、既婚者」だそうだ。なかなか美人で気さくな人なので、念のため釘をさしておいたほうがいいと判断したのだろう。

　その仁木さんが前に言っていた。今オレンジジュースを飲みながら、ふたたび外の景色をながめている老人――小柄できゃしゃで、白いシャツに水色のベストという格好、上品にもまた抜け目なさそうにも見える人について。名前は菅井《すがい》さん、夏ごとにこのホテルに長期滞在すること、何をしている人かよくわからないがお金持ちらしいこと。「若いころアメリカに渡ってちょっとした財産をつくり、帰国後それを元手に事業をはじめた」とは本人の語った話だという。

　菅井氏がまたふり返ると、注文でもあるのかと近づいていった佐多に向かって、

「こんな日には」外のほうへあごをしゃくり、「こんなふうに霧が出て、その中から木立がこちらをうかがっているように見える日には、決まって思い出すことがあるんだよ」

「はあ」

「わたしがまだ若いころ、六十年近くも前の話だがね。アメリカに渡った時に向こうであったこと」

老人は思い出話をしたい気分らしく、ほかに客もいない現状で、佐多がそれにつきあえないという理由もない。

「不思議な出来事なんだよ」菅井氏はうちとけた口調で、「こんな霧の日に、とある山荘から、ひとりの女性が姿を消した。文字通り、忽然《こつぜん》と消えてしまったんだ」

興味をひかれる出だしではあったが、長くなりそうな気配もあった。とはいえ店がひどく混むことはないはず。新しい客が来るとしてもひと組かふた組がせいぜいで、仁木さんが応対してくれるだろう。

「謎のような話で、真相はわからないままなんだ」菅井氏は先をつづけ、「どうかね、あらましを話すから、きみもひとつ考えてみてくれないか」

「いいですけど」佐多はややうろたえ、「でも、たぶん、これといったお役には――」

「登場人物はわたしともうひとりをのぞいてアメリカ人。みんなわたしより年上だから、あらかたはもう亡くなっていることだろう。

それでも迷惑がかかるといけないから、名前は言わないし、仕事や肩書きもちょっとずつずらして話すことにする。あくまで本筋に影響が出ない範囲で」

老人のそんな言葉にかぶせて、「いらっしゃいませ」仁木さんの声がした。どうやら新しい客がやってきたらしい。

その仁木さんの声が「どうぞ――」と言いかけたところで尻切れとんぼになった。「お待ちください」店長のところへ行って何やら相談しているような気配のあと、

「どうぞ、お好きな席へ」という声が響き、空気が動いた。客が奥へ進むのにしたがい——たいてい誰でもそうするように、一面ガラスになっているこちら側の席をめざすにしたがい、佐多の視界の端に姿が入ってくる。

ここにいたって、佐多は仰天した。妙になめらかな足どりで、少し離れた隅のテーブルに向かっていたのが、見覚えのある男とその連れだったからだ。あいかわらず黒っぽい服装の中年男と、こちらもあいかわらず（当然ながら）白と黒の毛皮に身をつつみ、とがった耳をぴんと立てた猫。ただの猫ではなくアロイシャス・ニャンというたいそうな名前の実業家だそうで、中年男の丸山はその秘書兼運転手だという。

菅井氏は佐多の視線に気づいてうしろを向き、椅子にすわったひとりと足元にうずくまる一匹の姿を目にとめて、ほんの少し意外そうな表情になった。けれどもただそれだけ、猫の存在に目くじら立てたりもせず、

「そういうわけだから、よく聞いて、考えてくれたまえ。そしてもしできるなら、六十年ごしの謎を解いてみてほしい」

向こうのテーブルにオーダーを取りにきた仁木さんが、「六十年ごしの謎」という言葉を耳にとめたのだろう、ちょっと驚いた顔でこちらを見る。

菅井氏の声は決して大きくはないものの、やや硬質で張りがあり、静かな店の中でよく響いた。氏自身もそのことはわかっていたはずだが、特に気にするふうでもなく、話をはじめた。

＊＊＊

夏の午後、わたしは大きなリュックサックを背負い、ゆるい坂道を登っていた。といっても山登りをするわけではなく、精一杯のお洒落《しゃれ》をして――傷んだ靴に借り物の上着という格好だったが――知人の山荘をたずねるところだった。列車を降りてから十分以上たつけれど、目的地はまだだいぶ先らしい。

アメリカという国では、そんなふうに移動のために歩く人はほとんどいない。歩くのは公園やハイキングコース、楽しみか運動のためで、道路は車、それも自家用車のためのもの。そこを歩いているというのは、とりもなおさず車を持つ金も、乗せてくれる友人もないということだから、それだけでどこかみじめな気分になる。

そのころのわたしには夢があった。独学で学んだ絵――野心的な題材の油絵を、人に見てもらうばかりか、それで商売しようという図々しい夢だ。日本でそれがかなうとは思えず、またヨーロッパはあまりに遠いのでアメリカに渡り、劇場の大道具係なんかをしながら絵をあちこちに売りこんでみたが、当然のごとく一枚も売れなかった。

しかたなく、わたしとしては妥協のつもりで、通俗的な人物画を描いてみることにした。当時人気のあった看板女優の肖像を勝手に描き、本人に売りつけようとたくらんだのだ。彼女に見せると喜んだものの、といって買ってくれるつもりもないようで、

「水曜日の午後、あなたは暇?」そんなことを言う。「わたしの誕生パーティに来る気はないかしら」

郊外にある山荘──彼女自身のじゃなく、劇場の支配人の山荘に、気心の知れた数人で集まるという。この絵をその場に飾りたい、それだけでは何なので作者のわたしも招待してくれるという、ありがたい申し出だった。

夏の陽射しの中、絵をかついで坂道を登るのにはうんざりしたが、途中で車が拾ってくれたので助かった。支配人がハンドルを握り、うしろに例の女優ともうひとり、脚本家の女がすわっていた。

女優は車に乗っているあいだ「暑い」「屋根の開く車のほうがよかった」などと言いたい放題。インテリ気取りの脚本家が「心を清らかに保てば火の中でも涼しい、東洋ではそう言うんでしょう」なんてことをわたしに向かって言うのにも閉口した。

やがて車は山荘にたどりつく──金持ちの家がよくそうなっているように高い塀に囲まれ、小さいながらもしっかりしたつくりの二階建ての家。

支配人が門扉《もんぴ》の鍵を開けていると、またしても女優が「この煉瓦《れんが》の崩れたところはみっともないんじゃないの」。たしかに門柱の端が見苦しく崩れていたけど、人の家を使わせてもらうというのに、図々しい女だよ。支配人は怒りもせず、「修繕を頼んでいるんだが、親方が酒飲みで気まぐれだから、いつになるかわからない」などと言っていた。

パーティの参加者はあとひとり、ヨーロッパのさる国の男爵だそうで、自分の車で来ることになっていた。とりあえず四人で中に入るが、荷物らしいものを持っているのはわたしだけ。支配人は手ぶら、女たちも帆立貝《ほたてがい》くらいの大きさのハンドバッグしか持っていない。洒落た格好で家に入って待ってさえいれば、料理や飲み物、高価な花を集めたばかでかい花瓶——それも五つか六つ——なんかが次々届くという寸法。

派手な美貌の女優も、分厚い眼鏡をかけた女脚本家も、親から事業をひきついだ支配人も、自分からは指一本動かさないという人種だったが、最後にやってきた男爵は少し雰囲気がちがっていた。おそらくいい年なのだが若々しく、精悍《せいかん》というか野性的というか、ヨーロッパの深い森でオオカミ狩りでもしていそうなタイプ。

「髪が乱れているわね」そんな男爵の身だしなみに、女優が例によって文句をつけ、

「車の屋根を開けてきたものでね」男爵が応じ、女優がにっこり笑うのを見て、たぶんこの二人には何かあるんだろうなと思った。貴族といっても経済状態はいろいろだが、この人はとても裕福で、先ほど届いた山のような花も彼があつらえたものらしい。

その男爵とわたしとで花瓶やテーブルを配置し、もともと壁にあった絵をはずして、わたしの描いた肖像画をかけると部屋の飾りつけは完了する。

「週末には妻と来るんだから、その時までに元通りにしてもらわないと困るよ」支配人が釘をさす。どうやら恐妻家らしく、この上なくまじめな顔になっていた。女優がそれを笑いとばして、彼女の誕生パーティがはじまる。

女優は大きなフリルをあしらった赤のドレスで窓辺に立ち、彼女の性格に少々難があると思

うわたしのような者でも、その美しさには感服しないわけにいかなかった。先ほどからずっと窓を背にしていることについて、「小じわを気にしているからよ」と、脚本家がわたしに耳打ちしていたが。

とはいうものの、おおむね笑っている女優のひたいのあたりを時折悩ましげな雲が横切り、しばらくするとそのわけが明らかになった。

「おかしな手紙を受け取ったのよ」

そんなことを言って、ハンドバッグから折りたたんだ紙を取り出し、開いて読み上げる。

「警告する。罪深い顔を紅《べに》で彩り、罪深い体に切れこみの深いドレスをまとうことをやめよ」

これを聞いて脚本家がくすくす笑いだしたが、女優の刺すような視線を浴びてすぐに笑いを引っこめた。

「驕《おご》り高ぶる者は、その体を人形に変えられるのがふさわしく、わたしはその術《すべ》を知っている」女優はつづけて、「悔い改めよ、さもなければ思い知ることになるが、その時にはもう遅いのだ。くり返す、これは警告である」

「それで終わり？」支配人がたずね、

「ええ」女優はうなずく。

「署名は？」

「『魔術師』とだけ」

「きみが美しすぎるのがけしからんというわけか」男爵がからかうように、「尼さんのような格好をして身をつつしまないかぎり、社会に害をもたらすと。そのドレスなどまさに論外というわけだね」

ばかばかしい内容だが、何となくいやな手紙で、女優が暗い顔つきになるのも理解できた。一同の手から手へと回された手紙はタイプライターで打ってあり、書き手が男とも女とも、年寄りとも若者ともわからない。

「それだけじゃないの」女優はあらたまって、「ここ何日か、おかしな男につきまとわれているような気がする」

「えっ？」

「黒いマントを着て、黒い帽子をかぶった男」恐ろしげにすくめた肩を震わせ、「劇場や街角で、そんな男の姿に気がつくけど、よく見ようとするといつも人ごみの中にまぎれてしまう」

「今の時代、この季節に、そんな格好の人は珍しいわね」脚本家が首をかしげ、

「とはいえ、『魔術師』という署名にふさわしい格好ではある」男爵がしたり顔でうなずく。

それから話題はほかのことに移ってゆき、しばらくたった時に男爵が窓のほうを見ながら、

「霧が出てきたな」

そのあたりでは夏の霧はつきもの、まったくない日のほうが珍しいくらいだったが、女優がその言葉につられてうしろをふり返ると、

「あっ！」

「どうしたんだ？」

「黒いマントの男よ。あの木の陰に隠れているわ」

指さすほうをながめれば、たしかに、庭木のあいだに黒い布のようなものが見え隠れしている気がしなくもない。

男爵が部屋を飛び出し、支配人とわたしもあとにつづく。玄関から庭へ回り、さっきの木のあたりに行くと、すでに男爵がそこに立って首を横に振っていた。

それから三人で庭の隅々まで調べたが、黒いマント云々にかかわらず誰の姿もない。霧は出ているものの、先を見通せないような濃さではなく、人ひとりその中に身を隠せるとはとうてい思えない。

「彼女の思いすごしかな」と支配人。「とはいうものの、たしかに黒いものが見えたような気もするんだけどね」

家に戻ると、ちょうど脚本家が台所から出てくるところだった。湯気の立つグラスを盆に載せている。女優からトディを作ってほしいと頼まれた、それもややこしい作り方を指示されたそうで、お湯を沸かしたり、あれこれのスパイスを探したり、すっかり手間取ってしまったという。

こうして四人そろって部屋に入ると、脚本家が悲鳴をあげ、われわれ男たちも肝をつぶした。女優が床の上につっぷしていたからだ――と見えたのだが、どこか明らかにようすがおかしい。

第一、女優の体と見えたものには首がなかった。

第二、人間の体にしては妙にこわばり、姿勢もおかしかった。

第三、少し離れたところに転がっている首は、百貨店にあるようなマネキン人形のもので、そう思って見直せば、体のほうも同様にちがいなかった。

マネキン人形が、女優の着ていたのと同じ赤いドレスを身につけてうつぶせに倒れ、首と体とを切り離されている。転がった首の下の絨毯《じゅうたん》に赤いしみがひろがり、血にそっくりな色合いだが、これも本物の血ではなく舞台で使われるもののようだった。

とりあえず女優が死んで倒れているわけではないとわかったものの、これはこれで異様な、気味の悪いながめだった。なぜこんなものがここにあるのか。そして女優はどこへ行ったのか。

女優の名前を呼んでみても返事はなく、しんとした部屋の中ほどにある異様な物体の存在感が増すばかり。この人形はもともとこの家にあったものかと男爵がたずねると、支配人が『とんでもない』という顔つきで首を横に振る。

「だとすると――」震え声で言い出したのは脚本家だった。

「でも、まさか、そんなことがあるはずがないわよね。いくら何でも。さっきの手紙が本当の――」

本当の魔術師、手品ではなく魔法の使い手からの警告状で、「悔い改める」ことを拒んだ彼女を人形に変えてしまったのだろうか。

けれども、脚本家の言う通り、まさかそんなことが現実に起きるはずもない。

これは女優によるいたずらで、本人は家のどこかに隠れているのだろうか。けれどももしそうだとして、この人形をどうやって持ちこんだのか。今日持ってこられたはずがないし、前もって運びこんで隠しておけたはずもない。自分の山荘ではなく、鍵を持ってもいないのだから。「人形の出どころは謎として」言い出したのは男爵だった。「ぼくの勘では、彼女は出ていったんじゃないかな」

「出ていった?」

「だって、ぼくらをびっくり仰天させて笑うつもりで、そのために隠れているなら、そろそろ顔を出していい頃だろう」

たしかにそうだった。舞台上のイリュージョンでもそうだろう。鍵のかかった箱を開けてみると、そこにいるはずの人物が「いない」、その驚きがさめないうちに、別の場所から華々しく登場してみせないとおかしい。

「だとすれば、彼女はもうここにはいない。こっそり出ていって姿を消すことが彼女の目的だったんじゃないか」

男たちが庭に、脚本家が台所にいるあいだにこの部屋の演出をほどこしておいて、廊下の隅にでも身を隠し、部屋に戻ったわれわれがびっくり仰天している隙に玄関からそっと出ていく。そういうことだったのではないかと男爵は言うのだった。

「いったいどうしてそんなまねを?」

「以前、彼女がぼくに言ったことがある。冗談めかした口調で、マフィアみたいな連中とトラブルを抱えているとか何とか」

「そんな話は初耳だな」支配人は眉をひそめ、「彼女の性格からして、絶対ありえないとも言えないが」

「その時にぼくは『連中を本気で怒らせたなら、姿をくらますしかない』と言ったんだ」と男爵。「深刻な話とは思わなかったし、本当に彼女がそうするとは――特に今日ここから、こんなふうに姿を消すなんてことは思ってもみなかったけれどね。

つまり彼女の心づもりとしては、ほとぼりがさめるまで姿をくらますと決めたものの、ただこっそり出ていくだけじゃみじめな気持ちになる。だからせいぜいぼくらをびっくりさせて、派手に姿を消そうと思ったんじゃないかな」

必ずしも納得のいく話ではなかったが、一番最初の「驚かせるために隠れているならもう出てきていないとおかしい」というくだりにはたしかな説得力があった。どう考えても遅すぎる。素人ならぬ彼女が、効果的な登場のタイミングをはずすとは思えない。とすればやはり、彼女はどこかへ行ってしまったのか。

「しかし、迷惑な話だな」支配人は顔をしかめて、惨劇の舞台のような部屋を見回し、「何しろ妻はきれい好きだから、もしこんなありさまを見たら――」

「ぼくが片づけるよ」と男爵。「そんなつもりはなかったが、ぼくが彼女をそそのかしたともいえそうだからね。きみたちは外に出て、彼女を探してみたらいい。まだ近くにいるかもしれない」

男爵の言葉に送られて、支配人、脚本家、わたしの三人は家を出たが、すぐに門の外から人声が聞こえるのに気がついた。煉瓦職人の親方が数人の助手にあれこれ指図している――いつの間にかやってきて、門の修繕をはじめていたのだ。

親方に声をかけると、意外なことがわかった。彼らがここへ来たのは、われわれが「黒いマントの男」を探しあぐねて家に戻ったのとちょうど同じころ。しんがりのわたしの姿――「そのちっこい人が入ってゆくところ」が見え、それが支配人ならむろん声をかけたが、言葉が通じるかどうかもわからない東洋人なので、そのまま作業をはじめることにしたという。

はからずも、われわれが庭をあとにした瞬間から、職人たちが門を見張っていたような形になったわけだ。それを聞いた支配人が、

「作業中に女が出ていったはずだが、どちらへ行ったかわかるだろうか」

たずねてみると、親方の答えは不可解きわまるものだった。誰もそこを通らなかった――彼らが到着してから現在まで、敷地から出ていった者も、入っていった者もいないと断言したのだ。

「そんなはずはない。見のがしたんじゃないのか」

「これっぱかりの霧で、男だろうと女だろうと、人ひとり見のがすはずがないね」

押し問答をしているところへ、男爵が手をハンカチで拭きながらやってきて、

「気味の悪いものは片づけたよ。まとめて紐でくくって玄関に置いてある」そう言ってから支配人の表情に気づき、「どうしたんだ?」

「誰もこの門を通らなかった」と支配人、「われわれが庭を調べたあの直後に、彼らがここへ来て仕事をはじめた。それからずっと、門を出た者も、入った者もいなかったというんだよ」

これを聞いた時の男爵の顔は忘れられない。蒼白になって、足元もふらつき、門のそばの木にもたれかかってしまった。

その夕方、帰りの車の中で脚本家がこの時のことに触れ、「男爵が本当に彼女のことを愛していたんだとわかった」しみじみそう言ったのをおぼえている。わたしはそれを聞いて、いつも賢ぶっているこの女の意外な面を見たと思ったね。

話を戻すと、親方にそう断言されて、われわれはそろって家に引き返した。彼女の名前を呼びながら家の中を――二階もふくめて歩き回り、人が入れるような扉はすべて開け、カーテンやドレープもめくってみた。けれども返事もなく、どこにもいない。庭も隅々まで探したが、こちらも結果は同じこと。

だとすればやはりどうにかして外に出ていったにちがいない――とはいうものの、腑に落ちないことがいろいろとあり、われわれは首をかしげながら帰途につかざるをえなかった。

そして結論をいえば、彼女はそれっきり消えてしまったのだ。わたしはその後ほどなく帰国したが、関係者とは折々に連絡を取っていたので、彼女がふたたび姿をあらわすことも、新聞などに消息が載ることもなかったのを知っている。

話はそんなところだが、つけ加えると、わたしの帰国までのあいだに記念すべき出来事があった。わたしの絵が売れた――あの時山荘に飾った彼女の肖像画を、例の男爵が買ってくれたのだ。自分では妥協のつもりで描いた絵だが、わたしの作品の中では一番の傑作だったのかもしれない。

それでも男爵が絵そのものに価値を見いだしたわけじゃないのはわかっている。あの脚本家に言わせれば、ロマンチックな理由ということになるのだろう。そういうわけだから、帰国して以降、絵を描くことは一切やめてしまった。

＊＊＊

「どうだね？」

菅井氏が水でのどをうるおし、佐多にそう言った。オレンジジュースは長い話のあいだに少しずつ飲んでしまっていたのだ。

「できるかぎり正確に話したつもりだが、何か質問は？　わからないことなどはあるかね」

「あの」と佐多、「警察に届けたりはしたんでしょうか？　その女優がいなくなったことを」

「翌日になって、支配人が。何だかんだいって彼女のいたずらかもしれないという気持ちもあったから、すぐその場で届けたりはしなかった」

「それで、警察の見立てはどうでしたか」

「連中はわれわれのように、不思議なことが起こった、推理小説でいう不可能事件だなんて騒いだりしないんだよ」老人は片手を左右に振って、

「現に彼女がいなくなったという状況と、煉瓦職人たちの証言が相容れないなら、証言のほうがまちがっているんだろう。基本的にそんな態度だった。親方が日ごろから酒飲みだったせい

もあるだろうね。とはいえあの時しらふだったのはまちがいなく、そうそうばかにしたものでもないと思うんだが。

とにかく警察のほうでは、成人女性が自分の意志で出ていったのだろうと、大した捜査もしなかった。マフィアとのトラブルなるものについて少しは調べてくれたが、その範囲では何も出てこなかった」

「そうなんですか――」

「ほかに何か？」

「問題の山荘の間取りはどんなふうでしょう？　玄関のほかに裏口や、外に出られる窓なんかがあるんでしょうか？」

「一階の手前が台所で奥が居間――パーティをやった部屋だね――二階が寝室、裏口はなし。それから窓だが、大きさによっては外に出られるものもあるだろう。

けれどもこの場合、そういうことは重要じゃないんじゃないかね。彼女が建物の外に出るチャンスはいくらでもあった。問題はあくまでそのあと、敷地の外に出ることのほうなんだから」

たしかに菅井氏の言う通りで、そこを追及してみることにする。

「敷地はぐるりと塀に囲まれているんですよね。高い塀ということでしたが、表の門のほかに途切れ目はないんでしょうか」

「ないね。つまり門を通らないで敷地から出るには、塀を越えなければならない。何か道具を使うなら別だが、そうでなければまず庭木にのぼり、そこから塀の上に飛び移るくらいしか方法はなく、よほど運動神経の発達した者にしかできることではない」

「梯子《はしご》は？」

「支配人はないと言い、事実見当たらなかった」老人は首を横に振って、

「もし彼女が縄梯子や、それに類したものを持っていれば、塀を乗り越えることはできただろう。けれども問題が二つばかりある。

　まず、そんなものを『どうやって』持ってきたのかということ。前に言った通り、ごく小さなハンドバッグしか持っていなかったから、その中に入れて持ち運ぶのは無理な話だ。

　次に、仮に持っていたとすれば『なぜ』ということ。本来そんなものは必要になるはずがなかった。門のところに人がいなければ——煉瓦職人が門柱を直しにくるのが、よりにもよってその日じゃなければ、使うあてなどなかったわけだからね」

　たしかにその通りで、女優が塀を乗り越えた可能性はまず無視していいような気がする。

「そうなると、やっぱりおかしいですね——」

「あなたはどう？　何か思いつかないかな」

　菅井氏は入口のほうを向き、そこに立っている仁木さんに向かってたずねる。たぶん無意識にだろうが、佐多に話しかける時よりやわらかい口調になっていた。

　客の少ない店では、菅井氏の声は隅々まで響いたはず。また無聊《ぶりょう》をかこっている従業員がこのように不思議な話に耳を傾けてしまうのも自然な流れで、仁木さんが話を聞いていない道理はないのだった。そしてそれをいうなら、向こうの隅のひとりと一匹も。

仁木さんはちょっと顔を赤らめて、迷っているみたいに見えた。思いついたことはあるものの、言おうかどうしようかというふうに。ややあって結局口を開き、

「昔、子供のころに、推理クイズみたいな本で読んだんです。元ネタになる小説か何かがあるのかもしれませんけど」

「うん」

「銀行だったか宝石店だったか、そんなところに泥棒が入って、警官隊が乗りこんでいくと、中にいるはずの犯人がいない。入っていったことはたしかで、出入口は警察が見張っているから逃げられたはずもないのに、どこにもいない」

「なるほど」

「泥棒はどうしたのでしょう？　というクイズで、答えは『警官の制服を着て変装していた』。本物といっしょに『泥棒はどこだ』と探し回り、いっしょに引き上げていった――」

「ああ、そういうパターンは聞いたことがあるね。最初に考えたのは誰だか知らないけど、あちこちで使われている気がする」

「それを思い出したんです。さっきのお話では、煉瓦職人が何人もいたということですよね。だから――」

「女優が煉瓦職人のふりをした、というんですね」と佐多。「当時の職人は男ばかりだろうけど、演技力があるから、普通の女性よりは不自然に見えないかも――」

「とはいうものの」と菅井氏、「さっきのクイズに出てきたような手を使おうという時は、二

つの条件が必須だろうね」

「それはどういう？」

「犯人がまぎれこむ集団が大勢であること、そして制服を着ていること。何しろ制服というものには説得力があるからね。だが今の場合は両方ともあてはまらない。煉瓦職人の数はせいぜい三人くらいだったし、むろん制服なんてものもない。

それに、さっき縄梯子のことを言ったのと同じで、女優のハンドバッグには着古したシャツやズボンなんか入らないし、そもそも持ってくるいわれもない。そういうのが必要になるなんて、前もってわかってはいないんだから」

その通り。となると、結局どういうことなのかわからない。佐多もまた仁木さんも、すぐには言うことも思いつかずにいたが、

「たぶんそちらのお客さんにも、話は聞こえたのじゃないかな」菅井氏が次に声をかけたのは、隅のテーブルで紅茶のカップを前にした丸山だった。「よければ意見をお願いしたい」

「失礼ながら、お話は聞かせていただきました」丸山のほうは遠慮深くも慇懃無礼《いんぎんぶれい》にも聞こえるいつもの声で、「けれども、わたしから申し上げるようなことは何も——」

「そうですか」菅井氏はあっさりあきらめて引き下がりかけたが、

「では、そちらの猫さんは？　お見うけしたところ、何か考えていそうな顔つきだ」

菅井氏はたぶん冗談を言ったのだろう。その時までのニャン氏の態度は、背中をそらして伸びをしてみたり、退屈そうに自分の前脚の先をながめたり、普通の猫とおよそ変わったところ

もなかったからだ。

　だがそんなふうに名指しされると、一見気のよさそうな丸顔を上げ、怜悧《れいり》なミントグリーンの瞳をまっすぐ菅井氏のほうへ向ける。

「おや」と菅井氏、「聞かせてもらえるのかな」

「ニャニャ、ニャーニャーニャ、ニャーニャニャニャニャニャニャ」

「えっ？」

「差し出がましいようですが、こういうことかと」と丸山。「そもそも、人形はなぜ殺されたのか」

「えっ、何ですって？」

　菅井氏の態度の九割かそれ以上をしめていた冗談気分が、今の鳴き声のタイミング、そして丸山が通訳した内容によって吹き飛んでしまった。少なくとも、佐多の目にはそんなふうに見えた。

「今のはいったいどういう意味です？」

　ニャン氏はまたひとしきり、複雑な抑揚《よくよう》をつけて鳴き、

「あの脅迫状には、そんなことはひとことも書いてなかったニャ」

と丸山。猫の言葉を通訳しているということを、ここでは隠すつもりがないらしい。「実業家のニャン氏」を知る相手と、そうでない相手とで態度を使い分けているのだろうか。

「ええ？」

「つまりこうでしょう。女優が受け取った脅迫状には、驕り高ぶった者の肉球、いえ肉体を人形に変えるとあった。それだけで、その人形を殺すだの首を切るだのとは、ひとことも書いてないということです」

いつものごとく、ニャン氏の簡潔な指摘に、丸山が言葉を補って説明する。

「たしかにそれは――」

「脅迫状の文面としては、そのほうがずっとバランスがいい。おまえを人形に変えてやると言えば、それだけでじゅうぶん不気味な呪詛《じゅそ》で、その上さらに殺してやる、首を切ってやるなどとつづければいくぶん過剰な印象があります。

そして実際の出来事についても同じこと。女優の姿が消え、代わりに同じドレスを着た人形が床につっぷしていれば、それだけでじゅうぶんにインパクトがあるでしょう。わざわざ『殺す』必要などないのでは、そんなふうに思えるのです」

「たしかにそうかも――」

「ニャニャ、ニャニャーニャニャニャ、ニャニャニャニャニャーニャンニャニャ」

「また、殺すにしても、必ずしも首を切る必要はないはずだニャ」

「えっ？」

「いろいろな殺し方がありうるでしょう。首に紐を結んでぶらさげるとか、逆さにして顔を花瓶の水につけるとか。

相手が人形ならどれも簡単、その中で『首切り』を選んだのはいったいなぜか」

「それは——」

「もちろんただの趣味と言ってしまえばそれまでですが、そうではなく、合理的な理由があるのかもしれません」

「いったいどんな？」

丸山はここでニャン氏に向かって何ごとかささやき、ニャン氏のほうは「ニャー」短い鳴き声でそれに応じて、

「そのことはこの事件の本質にかかわる部分で、いずれお話ししますが」と丸山、「そこへたどりつく前に、ほかのことにも触れておかなくてはなりません」

「ほかのこととは？」

「人形がどうやって持ちこまれたか、ということでしょうか？」

佐多がつい言葉をはさむ。人間の消失にくらべればたしかに些細なことだが、人形の出現というのもまた不思議な、どうしても説明をつけてもらいたいことがらと思えた。

「もともと山荘にはなかったというし、当日来た連中は誰も荷物らしいものは持っていなかったはずだし」

「ニャニャニャニャンニャニャ、ニャーニャーニャニャニャンニャーニャ」

「人間と逆でもいいのだから、そんなにむずかしい話ではないニャ」

丸山が通訳するが、佐多には意味がわからない。

「こういうことでしょう。何だかんだいっても、人形というのは扱いが楽なものです。人間の

場合は殺してからばらばらにするのが普通だが、人形ならどちらでも大丈夫。先にばらばらにしておいて、そのあと殺すこともできる」

「何ですって?」佐多はしばらく考えて、

「つまり、ばらばらの状態で持ちこんだということですか」

「ニャー」

「だとしても、小さなハンドバッグや、服のポケットなんかには入らないし――」

「差し出がましいようですが、客の誰かが持ってきたとはかぎらないのではありませんか」

「どういう意味です?」佐多は言ってから、「ああ、そうか。当日届いた品物の中に隠されていたというのがありえますね」

山荘に届けられたものといえば、料理や飲み物、それよりずっとありそうなのは、

「花瓶、ですか。五つか六つものばかでかい花瓶」

ここでニャン氏がひとしきり複雑に鳴き、

「その通り、たくさんある大きな花瓶に、花といっしょに人形のパーツが隠されていたと見るべきだニャ」いつものごとく丸山が通訳してから、

「樹脂製のマネキン人形なら花瓶に隠してあっても表面が濡れるだけ、水を吸いこむことはありません。テーブルクロスやナプキンで軽く拭けば、さっきまで水の中にあったということもわからないはず。これを組み立てて人の形にすればいいのです」

「組み立てたのは、女優ですよね」佐多は念を押す。「ほかの人には機会がなかった」

「おっしゃる通りです。男性三人を庭へ、脚本家の女性を台所へ追いやっておいて」

「ニャーニャ、ニャーニャ、ニャニャーニャニャ、ニャンニャ」

「首を切り離し――というより、そこだけ最初から組み立てずに――血が流れたような演出もすると、着ていたドレスを脱いで人形の胴体に着せたニャ」

「ドレスを？　脱いで？」

そういえばそうだ。フリルのついた赤いドレスは女優の着ていた一着だけ――もう一着を持ちこむことなどできなかったはず。

「そういうことになりますよね。安全な隠し場所は花瓶くらいしかないけど、ドレスをそんなところへ入れればびしょ濡れになってしまう。

自分と同じ赤いドレスを人形に着せるためには、自分の着ていたものを脱ぐしかない。そして――」

「ニャーニャーニャニャニャ、ニャニャニャニャンニャ、ニャニャーニャ？」

「そして、そういうことだとすれば、男爵の指摘した矛盾も説明がつくのではないかニャ？」

「『みんなを驚かせるために隠れたなら、とっくに出てきていないとおかしい』というあれですね。実はおかしくなく、女優は部屋のクローゼットかどこかに隠れていて、出てきたいのはやまやまでもそうすることはできなかった。なぜなら下着姿だったから――」

菅井氏も、仁木さんも、口を開けて聞き入っていた。もちろん佐多に感心しているわけではなく、意外な真相（と思えるもの）と、それが猫の口から出てくることにただ驚いているように見えた。

　ニャン氏はまたも複雑に鳴き、丸山が通訳して、

「状況からいって、人形を組み立て、それを『殺した』のは女優としか考えられない、このことはみんなにもわかると思うニャ。

　つまり少なくとも途中まで、彼女自身の意志でものごとが進んでいたのは明らかだニャ。だとすれば、その先、いったいどうするつもりだったと思うかニャ」

「まさかいつまでも下着姿でいるつもりはなかったでしょうし」

　ようやく状況に慣れてきたのか、仁木さんが言葉をはさむ。

「着替えるつもりだったと思うけど、どこに着替えがあったのかしら。さっきからの話の通り、自分で持ってくることはできなかったはずだし」

「ニャンニャニャニャニャニャニャニャ、ニャーニャニャニャニャ」

「何らかの形で用意したはずだニャ」丸山は言って、「つけ加えますと、他の客をあっと言わせるためには、赤でなく別の色のほうが効果的だったことでしょう」

「別の色？」

「たとえば、黒とか」

「ニャニャーニャンニャニャーニャニャニャ？」

「何か黒い布でできたものが、この話の中に登場しなかったかニャ？」

「黒いマントのことですね」と佐多。「庭の木の陰で揺れていた」

「ニャニャ」

ニャン氏は短く鳴き、丸山に向かってあごをしゃくる。推理を披露するのに疲れて——または面倒くさくなってきて——同じ結論に到達しているはずの助手に、しばらく説明をまかせるというのだ。

「そう、実際にはマントではなく、黒いサテンか何かのシンプルなドレス。おそらくは袖無しのスリップドレスのたぐいでしょう」

通訳ではなく自分の言葉で、丸山が雇い主のあとをひきつぐ。

「それを庭に仕掛けることができた——当日そうすることができたのはたったひとり、ほかの四人より遅れて到着した男爵だけです。

つまり男爵が女優の共犯だった。少なくとも計画の最初のほうでは。

男爵は花屋へ行って大量の花をあつらえ、大きな花瓶に少しずつ人形のパーツを仕込む。黒いドレスを小さくたたんで上着の内側に隠し、皆より遅れて山荘に到着。家に入る前にこっそり庭に行き、ドレスを庭木の枝、居間の窓から見えるような見えないような位置にかける。そのあいだ女優は皆の目をほかへそらす——一座の中心である彼女には簡単な仕事だったことでしょう。

男爵が加わってパーティがはじまると、彼女は窓を背にして立ち、いよいよという時まで仕掛けがほかの人に見えないようにします。男爵の『霧が出てきた』という言葉を合図に——ほかの言葉でもかまわないのですが——外を見て、『マントの男が』と叫ぶ。事実黒い布がかすかに見えるので、男たちが庭へ飛び出して行くというわけです。

そのあとは飲み物を作ってほしいと言って脚本家を台所へ追いやり、花瓶から人形のパーツを出すと組み立てた胴体にドレスを着せ、やや離れたところに首を転がし、絨毯に舞台用の血のりをつける。これは香水瓶か何かに入れれば小さなバッグでも持ちこむことができます。それから下着姿でクローゼットなりカーテンの陰なりに隠れ、共犯者が戻ってくるのを待つ。

いっぽう庭では、もともと誰より敏捷《びんしょう》な男爵がいち早く庭木のところへたどりつき、黒いドレスを枝からはずし、自分の上着の中に隠す。ここまでしてからほかの二人と庭のあちこちを見て回る。

当初の打ち合わせでは、男爵は部屋に戻るとすぐ、女優に着替えを提供する。隠れ場所の前に立ってうしろ手で黒いドレスを差し入れ、彼女はそれを着ることになっていたはず。

けれども男爵はそれをしないまま、『彼女が隠れているならまだ出てこないのはおかしい』『マフィアとのトラブルから失踪することにしたのでは』などとでたらめを並べたてる。

彼女は当惑し、また憤慨したはずですが、それでも出てきて抗議するわけにもいかず、じっと耐えていたというわけです。

そして、男爵が部屋を片づけると称してひとりで残り、ほかの連中が出てゆくと、女優はついに隠れ場所から出て――」

「そしてどうなるのですか?」菅井氏がひさしぶりに口を開く。「男爵と対面した時、彼はいったい何をしたのでしょう?」

丸山は答えない。その先がわかっていないのか、それとも自分ひとりで先へ進むのを遠慮しているのか。

ここでニャン氏が伸びあがり、ついで背中を丸め、あたかも準備運動のようなしぐさをしてから、これまでになく長く複雑な鳴き声をたて、

「あとで起こったことからすると」丸山が通訳する、「彼女が人として、歩いて出てゆくところを誰も見ていないことからすると、荷物のように出ていったのではないかと思うニャ」

「つまり？」

「人間だった彼女を人形のような存在にした、その変換を行ったということでしょう」と丸山。

「つまり殺したということですか？」佐多が念を押し、

「ニャニャニャンニャニャ、ニャーニャーニャニャニャ」

「ひらたくいえば、そういうことだニャ」

「人形を運びこんだ時のようにばらばらにして、花瓶に隠した？」

「ニャンニャニャニャニャ、ニャニャニャーニャニャンニャ」

「そんな時間はなく、また必要もないニャ」

だとすれば、いったいどんなふうに運び出したのか。

ニャン氏はまたひとしきり鳴いてから、丸山に「まかせる」という目つきをし、

「それが最初の質問、『人形はなぜ殺されたか』しかも『なぜ首を切られたか』の答えです」

猫に雇われた男はそう口にした。

「男爵は陰惨な現場のようになった居間を片づけ、『気味の悪いものはまとめて紐でくくって玄関に置いた』と言った。この時彼が片づけたものは、大きく分けて三点ありました。ほかの三人が想像すらしなかったものが一点と、そのほかに二点。人形と、それからもうひとつ」

「何のことでしょう?」

「もちろん、絨毯です」丸山は淡々と言う。「舞台用の血のりというものは、インクや染料とくらべれば落ちやすいでしょうが、それでもある程度しみこめば雑巾で拭いたくらいで取れるはずもありません。

きれい好きな支配人の奥さんを満足させるくらいに落とすには、どうしても絨毯を洗濯屋へ持ちこみ、丸洗いなりしみ抜きなりをしてもらうほかありません。

そしてこれがあればこそ——部屋から持ち出した『気味の悪いもの』の中に絨毯があればこそ、ほかのものをその中にくるむ形で運び出すことができた。紐でくくって玄関に置き、皆がその脇を通っても、特に不審を招かずにすんだ。そのあと彼の車——屋根が開き、かさばるものを運びやすい車に堂々と積みこんだとしても。

きれいにしみを抜くには、絨毯を一刻も早く洗濯屋に届けないといけない。ぼくの車で持って行ってあげよう。そんな口実のために、絨毯は汚れなければならなかった。マネキン人形は人工の血を流さないといけなかったのです。

ちなみに、絨毯をはがす時は上に乗っている家具を動かす必要がありますから、女優との交渉で多少の物音が出た場合にも口実となり、いろいろな意味で好都合というわけです」

「人形の首を切り、絨毯に血のりをつけるのは、彼女を殺す時に便利なように男爵が考えたシナリオ」佐多は言わずにいられない。「それを彼女自身が実行した、何も知らずに、ただドラマチックな演出と思って実行したわけですね」

「そういうことです」丸山はいつものごとく無表情ながら重々しくうなずき、

「ちなみに胴でなく首の下になった絨毯に血のりをつけたのは、ドレスが汚れないようにという女心でしょう。汚れても目立たないよう赤いドレスを選んだはずですが、念には念を入れたのでしょう」

「女はちょっとしたいたずらのつもりだったのに、男は彼女を殺すつもりで綿密《めんみつ》な計画を練っていた。そういうわけですか」

ここでニャン氏がもっともらしくひとしきり鳴き、

「そういう構図は、海外ミステリーのとある有名短編に似ていなくもないけれど、未読の諸氏のために題名は控えるニャ」

「つまり」仁木さんが深呼吸して、「男爵は彼女を殺し、でも彼女が自分から失踪したように見せたかったということですね。みんなの集まるパーティから突然姿を消した、そんな形に」

「ニャンニャンニャニャニャニャニャ、ニャニャニャーニャニャ」

「自分と二人で出かけた先から失踪するよりは、そのほうがいいということだろうニャ」

「ニャンニャニャニャニャニャンニャニャニャニャニャ――」

「煉瓦職人の親方の話を聞いて顔面蒼白になったのは、そういう自分のシナリオが崩れるからでしょう。最悪の場合、支配人がすぐに警察に通報し、家の中が捜索される。相手が警察となれば、隠したいものを絨毯にくるんだ程度ではお話になりません。

けれども支配人は翌日まで通報しなかったし、警察も煉瓦職人の言葉に重きをおかなかった。男爵にとって都合のいいほうにものごとが運んだというわけです」

「動機は何だったんでしょう？」仁木さんがたずねると、ニャン氏は肩をすくめるようにしてひとしきり鳴き、

「よくわからないけれど、まあ、人間同士いろいろあったんだろうニャ」

あまりにも大まかなまとめに、一同やや茫然《ぼうぜん》としたが、やがて菅井氏が椅子を引いて立ち上がり、

「いや、今日という日は、わたしにとって収穫がありました」晴れやかな調子でそう言った。「何しろ六十年ごしの謎に、答えを見つけてもらったんですからな。猫ながら大したもの、などと言っては失礼かもしれませんが、お礼を申し上げます。本当にありがとう」

ニャン氏と丸山に向かって深々と頭を下げ、さらに仁木さん、そして佐多のほうにもていねいに会釈《えしやく》をして、

「勘定は部屋のほうへつけておいてください。もちろん、あちらの分も」

そう言うと、張りのある声とくらべてやや意外なほどのゆっくりした足どりで、店を出、エレベーターのほうへ歩いていった。

「あの人——」

うしろ姿を見送りながら、仁木さんがそう言い、

「何です?」

佐多がたずねると、言おうか言うまいか迷うような顔つきをしてから、

「六十年のあいだ真相に気づかなかったと言ったけれど、でも本当にそうかしら。

さっきのあの猫ちゃんみたいに緻密《ちみつ》に、順を追って考えたわけじゃないにしても、どういうことがあったかくらいは見当をつけていたんじゃないかな」

そうなのだろうか。佐多はしばらく思いをめぐらしてから、

「ああ、そうだ。きっとそうですよ。だって――」

「だって?」

「仁木さんが前に言ってたじゃないですか。菅井さんの言葉。若いころにアメリカに渡ってちょっとした財産をつくった、帰国後それを元手に事業をはじめたって」

「ええ――」

「でも、さっきの話に出てきた菅井さんは貧乏そうだったし、そのあとすぐに帰国したと言っていたでしょう」

「あっ、本当だ」仁木さんは目を見張り、「おかしいわね。お金持ちになる暇がないことになって」

「こういうことなんじゃないですか。帰国までのあいだに絵が売れた、男爵があの女優の肖像画を買ってくれたと言っていたけれど、その代金こそが『ちょっとした財産』だった」

「えっ？　失礼な言い方だけど、菅井さんの絵の腕前はそこまで――」

「だから」と佐多、「絵を売ったというのは名目で、口止め料だったんじゃないでしょうか」

「何かのきっかけで真相に気づいて、それを男爵にほのめかして？」

仁木さんはそう言うと、腕を組んで複雑な表情になり、

「もしそうだったら、わたしはがっかりする。菅井さんのことは前から知っていて、いいお客さんだと思っていたから。その人が若い時、そんなことをめぐって、そんなやり方でお金を手にしていたなんて。

だけどそれだけじゃなく、度胸があるな、みたいな気持ちもある。殺人犯を脅迫したということでしょう」

「菅井さんが日本人で、すぐ帰国することがわかっていたから、大丈夫だったのかもしれない」と佐多。「そうでなくアメリカや、男爵の故郷の国の人だったら――」

「もしそうだったら？」

「そういう人がそんなまねをしたら、男爵はお金を払ってすませることはなかったかも」

佐多が言うと仁木さんは大げさに身震いし、そのあと気を取り直したように丸山とニャン氏のテーブルのほうへ行って、

「紅茶のお代わりはいかがですか」とすすめる。「何だったら猫ちゃんにミルクか、いっそケーキでも。何を頼んでも、さっきのお客さんのおごりですから」

ニャン氏はのぞきこむ仁木さんの顔を見上げ、鼻にかすかなしわを寄せて、短く「ニャー」

と鳴く。

「『いらない』と言ったのね。今のはわたしにもわかるわ」うれしそうに、「さっきはすごかったわね。何でもわかる猫ちゃんに、訊きたいことがあるんだけど――」

甘ったるい口調が気に入らないのか、ニャン氏はうるさそうな顔をしたが、それでも耳は仁木さんのほうを向いている。

「あの人、菅井さんは、どうして今日あの話をしたのかな。佐多くんが言うように、犯人を脅迫してお金をもらったのなら、自分にだってうしろ暗いところがあるわけでしょうに」

「ニャーニャ」

「人間のすることだからわからない、と言ったんでしょうか？」仁木さんは丸山にたずね、

「だいたいそんなところですが」丸山は応じて、「雇い主の意見とは別に、わたし個人として思うところがあります」

「あら、どういうことでしょう？」

「あの方は、先ほどの歩き方から察するに、どこかお悪い――相当お悪いのではないでしょうか。お年のこともありましょうが、それだけではなく」

仁木さんはしばらく絶句してから、ああ、と思い当たる顔になった。

「だとしたら、本当に、このあたりで誰かに謎を解いてほしいと思われたのかもしれません。あなたには心を許し、あちらの」佐多の名前は知っているはずだが、例によっておくびにも出さない。

「男の方には、何かをお感じになって。この人なら謎を解いてくれるかもしれないという、才気のようなものを」

そんなことはないでしょう、と佐多は言おうと思ったが、仁木さんの顔を見れば言う必要はなさそうだった。表情がはっきりと『そんなことはないでしょう』と語っていたから。

「一種の懺悔《ざんげ》のようなもの、と取れなくもないと思います。まあいずれにせよ、昔の事件で、関係者もみなあの方より年上ということですから――」

丸山は静かな口調で言い、仁木さんはため息をついて、

「ともかく、猫ちゃんはすばらしかったわ」ニャン氏の迷惑そうな顔をものともせず、猫ちゃん呼ばわりをつづける。「そもそも、どうやって真相に気づいたの？　きっかけみたいなものはあるの？」

ここでニャン氏が「ニャーニャニャ」と鳴き、

「まさに『絨毯』だそうです」と丸山。

「ニャニャニャニャーニャニャニャ、ニャニャーニャニャーニャニャニャ、ニャーニャンニャニャ」

「しばしば絨毯の上で食事をする者として、それが汚れた時にどう対処すべきかはつねに頭にあると。そういうことのようです」

丸山はそう言って立ち上がり、仁木さんに向かって、秘書らしくぴしりと決まるお辞儀をする。佐多のほうにも頭を下げるが、こちらはどことなく意味ありげな上目づかいをともなって

いた。

猫のニャン氏はといえばむろん誰にも頭など下げず、昂然《こうぜん》と胸を張り、尻尾をSの形に立てて秘書をしたがえ、はずむような足どりで店を出ていった。

ネコと和解せよ

「いやあ、お天気になってよかった、よかった」

あいかわらず太い腕でハンドルを握る岡崎が、三十すぎのドライバーというより、遠足の日の小学生みたいな声を出す。

「晴れましたね」と佐多。「昨日まであんな感じだったから、どうなることかと思ったけど」

「あいつらもたまには帳尻を合わせてくるよな。小洒落《こじゃれ》たブレザーかなんか着て、口当たりのいいことを言ってるだけかと思えば」

岡崎が言うのは、どうやらテレビに出る気象予報士たちのことらしい。佐多が見聞きしたかぎりでも、金曜日には晴れるでしょう——とみな声をそろえていたのだ。

「これなら撮影もうまくいきますね」

「そうそう、みなさん喜んでるだろう。結構なことだよ」

他人事のように言うが、岡崎自身がはしゃいでいるのは声の調子から明らかだったし、助手席の佐多にもふだんと毛色のちがうアルバイトにちょっとわくわくする気持ちがあった。

いつものような個人宅への家電品の配送ではなく、コマーシャルの撮影現場に大道具を届けることになっていた。もちろんそうしたものを扱う会社があり、専門のスタッフがいるのだが、今日は人手も車も足りないらしく、岡崎の勤める運送会社に依頼がきたのである。

運送のほかに設置の手伝いも頼みたい、「腕のいいドライバーで力もある人を」という希望から、会社が岡崎を指名し、岡崎が助手として（なぜか）佐多を指名したといういきさつで、こうして二人でトラックに乗っている。透き通った陽射しが街路樹の緑を照らす、十月はじめの朝のことだった。

大通りから右折して、片側一車線の道をしばらく進み、信号待ちをしていた時、佐多は脇腹に衝撃を感じる。岡崎が左のひじで乱暴に小突いてきたのだ。

「痛いなあ、何ですか？」

「あそこの看板」

あごをしゃくった先をながめ、佐多は一瞬目を疑う。とある家の外壁にさほど大きくない黒地の看板が取りつけられ、

ネコと和解せよ

「ネコと？　和解せよ？」

おかしな書き方だが、白い文字はたしかにそう読みとれるのだった。

「あれってどういう意味だろう？」

岡崎は首をひねり、佐多の頭もしばらく疑問符でいっぱいになったものの、かたわらに小さく書かれた「聖書」云々の言葉から真相に気づく。

「誰かのいたずらですよ。『神』という字を、ところどころ塗りつぶしたんです」

「ああ――」岡崎はゆっくり、「棒を三本――縦、横、縦と塗りつぶせば、『神』が『ネコ』になるわけか」

「誰だか知らないけど、よく思いつきますよね」

「なるほど、なるほど」うなずいて、「そういうことか。おれはまた、佐多くんへのメッセージかと思ったよ」

「どういう意味です？」

「ほら、例の猫」

岡崎が意味ありげに言うのは、もちろん「ニャン氏」のことに決まっている。

「あいつさ、佐多くんのことを気に入ってるでしょ？　つきまとってくるって感じ？」

「えっ？」

「だってさ」岡崎はうろたえる佐多を横目で見て、ぬいぐるみの熊のような顔のくちびるをとがらせ、

「ただの偶然とは思えないじゃん。あんなふうに出会うなんて。それも二度も」

ぼくじゃなく岡崎さんにつきまとってるのかもしれないじゃないですか、とまぜ返すわけにはいかない。実をいえば、佐多がニャン氏と遭遇したのは、岡崎と家電配送に行った先での二

度だけではないからだ。二週間ちょっと前、ウェイターのアルバイトをした高原のホテルで、三度目の出会いをしている。

「いや、そんなことは」

一応否定はしてみるものの、声は佐多自身の耳にも力なく響く。つきまとわれている、のだろうか。こともあろうに実業家と称する猫や、妙にとりすましたその秘書兼運転手（および通訳）の中年男に。

そんないわれはなく、もちろん歓迎するつもりはないが、だからといって逃げ回っているわけでもない。少なくとも「和解せよ」などと命令される筋合いは――

考えているうちに車は発進し、瀟洒《しょうしゃ》ながら高い塀をめぐらした、一見公園か公共施設を思わせる広い敷地にさしかかる。岡崎はウィンカーを出して左折、警備員のような制服の人物と話して門を開けてもらう。

門には「財前《ざいぜん》」というシンプルな表札が出ているだけで、何と個人の邸宅、世が世ならお殿様というような一族のお屋敷なのだという。ゆるやかに曲がった小道の先に、古いながらも手入れのゆきとどいた和洋折衷の邸宅があり、その奥は広々とした庭園で、そこが今回の撮影現場だった。

車を停めると、運んできた荷物――和風・洋風のさまざまなテーブルや椅子、洒落たデザインの街灯から大きな赤い番傘（野点《のだて》傘というらしい）、前半分だけの軽飛行機にいたるまでの大道具を下ろし、待っていたスタッフとともに池のほとりのあずまやに運ぶ。ここを道具置き場兼控え室として、庭園内のさまざまな場所にさまざまなセッティングをし、同じ商品のコマーシャルをいくつかのバージョンで撮影するらしい。

とりあえず絵になる木陰を喫茶店のテラス風にしつらえ、手が空いたところで、人気モデルの村瀬《むらせ》ミナの姿を探す。いた。芸能関係にうとい佐多ですら名前と顔を知っている彼女が、あずまやの端の椅子にかけ、髪や化粧の仕上げをほどこされながら監督らしい人物と話している。

「あれか」岡崎が佐多の耳元で言う。「たしかにきれいだな」

「そうですね」

「きれいすぎて、浮世離れというか、いっそ人間離れしたような感じだね」

まさに岡崎の言う通り。きゃしゃな体を白いワンピースにつつみ、百合の花のような姿だが、いずれ場面に合わせて着替えていくのにちがいない。

彼女から少し離れたところに、執事かウェイターというふぜいの黒服の若い男がたたずみ、所在なげに池のおもてをながめている。すらりとした体つきといい見苦しからぬ顔といい、こちらも俳優か何かなのだろう。とはいえ村瀬ミナとは対照的に、誰からも世話も焼かれず放っておかれているという印象。

「村瀬くんの相手役は?」

監督が声をはりあげるが、黒服の男はぼんやりとたたずんだままで、

「お待たせしました」

進み出たのはカジュアルな服装にもつれた髪、ややお腹の出た「おじさん」だったから、佐

多は意表をつかれる。けれども次の瞬間、彼が大事そうに抱えているものに目が止まった。

「猫?」

岡崎がささやく。そう、猫だった。「灰色」という地味な言葉ではもったいないようなうるおいを帯びたグレーの毛並み。監督や村瀬ミナがのぞきこんで何か言い、猫のほうはおだやかに彼らの顔を見返している。

プロダクションに所属するモデル猫なのだろう、いかにもこういう場に慣れた態度。ほっそりした優美な姿といい、繊細そうな顔つきといい、純血種の猫にちがいなく、

「高そうな猫だね」岡崎がずけずけと言う。「何ていう種類なのかな」

「さあ?」

「ロシアンブルー、ですね」

声の主は岡崎の隣に立っていた三十代の男だった。やせ形でいくぶん猫背、地味な眼鏡に地味なスーツ。ネクタイをはずしたところは昼休みのサラリーマンという雰囲気、芸能人にも撮影スタッフにも見えない。

そうこうするうちに撮影がはじまる。木陰のテーブルでくつろぐ村瀬ミナ、かたわらの椅子には美しいグレーの猫。彼女が猫とたわむれ、笑いかけたり、顔をのぞきこんだりしているところへ、黒服の男がトレイに載せたデザートを運んでくる、そんな筋書きであるらしい。

単純な内容なので、撮影はどんどん進む——かと思われたがそういうものでもないらしく、監督は人間の出演者たちに何度もやり直しを命じた。村瀬ミナに対しては「もっと表情を大き

く」など、いわば励ますようなアドバイスだったのにひきかえ、黒服の男に対してはほとんど「駄目出し」に終始した。

「何だよ、そのへっぴり腰」

「どうしてそんなに動きがぎこちないの」などなど。

上に立つ者が男である場合のありがちな構図——女（とりわけ美女）に甘く、男に厳しいというやつかと最初は思ったが、見ているうちにそうでもないとわかってきた。黒服の男の動きはたしかに、素人が見ても、はっきりとぎこちないものだったのだ。

どうにかＯＫが出ると出演者たちは休憩、そのあいだに美術スタッフが別の場所に別のセッティングをする。庭園の奥の雑木林っぽく見えるところに前半分だけの軽飛行機（うしろは画面に映らないので不要らしい）、反対側に石像のようなオブジェ、手前にアウトドア用のテーブルセット。よく意味のわからないシチュエーションだが、何となく絵になっているところはさすがというべきか。

今度は赤いジャンプスーツの村瀬ミナが猫とたわむれ、そこに男がデザートを持ってくるという展開はさっきと同じらしい。男のほうは同じ黒服で、慣れてきたのか動作はだいぶましになったように思える。

ここで昼食の休憩をはさみ、三バージョン目の撮影場所は池の上だった。庭園の端、邸宅に近いあたりにかなり大きな池があり、縦横二本の橋がかけられ中央で交差している。

今佐多たちがいるのはこの池のほとりのあずまやで、撮影開始時から荷物置き場兼控え室に

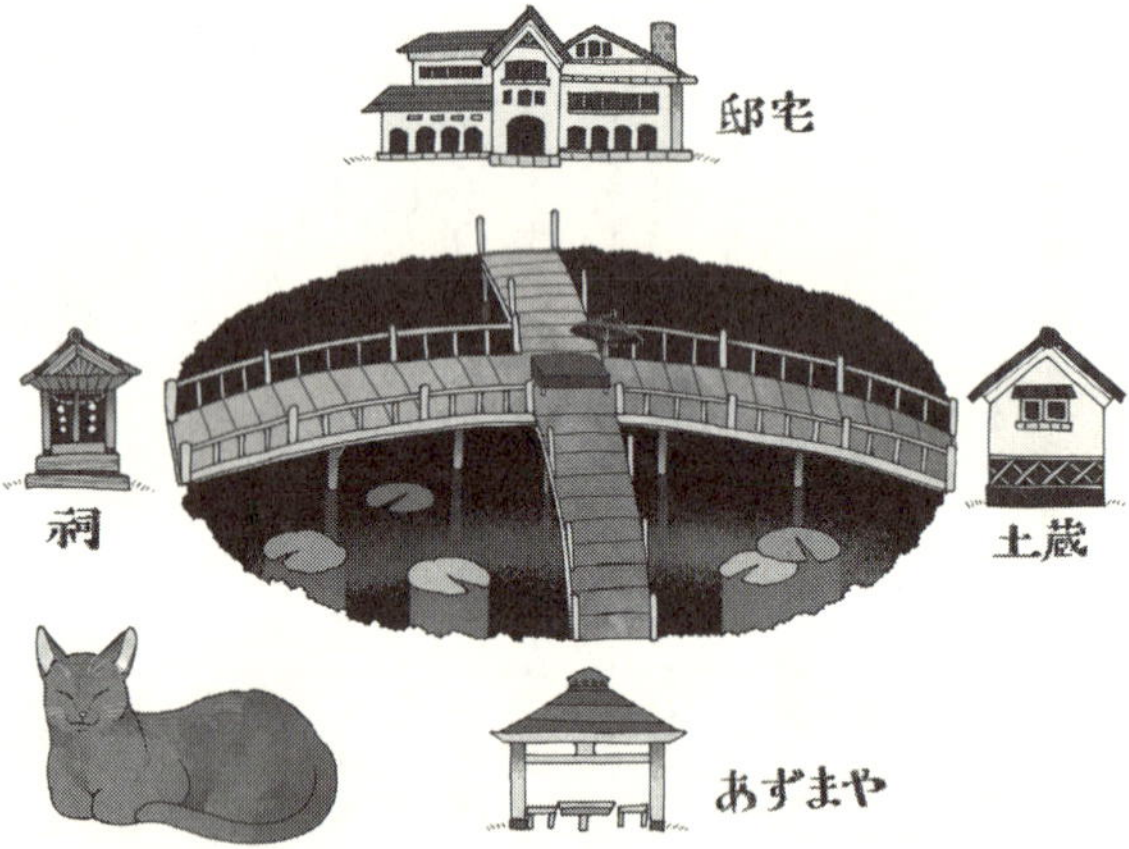

なっている場所、現在はカメラもそこに置かれている。池は楕円形をしていてあずまやから邸宅方向に伸びている橋のほうが短く、もう一本がやや長い。長いほうの橋の、こちらから見て左側に小さな祠《ほこら》、右側には古い土蔵がある。

二本の橋が交差するところに緋毛氈《ひもうせん》の縁台を置き、赤い野点傘を据えたセッティング。着物風のワンピースを着た村瀬ミナが猫と並んで縁台にすわり、黒服の男が向こうからやってきて両者のあいだにデザートを置く——という演出だったが、問題はやはり黒服の男だった。最初以上のへっぴり腰に加え、デザートを置こうとする手まで震えがちで、監督にさんざん怒鳴られている。

「これは、もしかすると」

岡崎の隣で、のんびりした声がひとりごとのように言う。猫の種類を教えてくれた眼鏡の男で、暑くなってきたせいか上着を脱いで手に持っていた。

「あの彼は、猫が苦手なんじゃないかな」

近くにいた動物プロダクションの男が、『そんな人がいるなんて』とでも言いたげな顔をこちらに向けるが、佐多のほうでは、そうかもしれない——と思っていた。

第一・第二バージョンでは猫は椅子の上にすわり、男はそのかたわらのテーブルにデザートを置く形だったから、多少の距離を保つことができた。けれども今の第三バージョンでは、猫のすぐ横に手を伸ばさなければならず、そのことが男にプレッシャーを与えているように見えたのだ。

「村瀬ミナとの扱いの差からいって、あの男は無名の俳優でしょう」

佐多と岡崎に向かって、眼鏡の男は淡々と言葉をつづける。

「どんな仕事でもいいからほしかったのかもしれないが、それにしても前もってだいたいの内容は聞いていたと思うんですよ。猫がそれほど苦手ならやめておけばよかったのに」

「あの、失礼ですが」と岡崎、「ぼくらは運送会社の者ですけど——」

「ぼくのほうは撮影関係じゃない、いわば部外者ですが、別の意味では内部の者です」男はさらりとした口調で、「この家の当主ということになっているので」

「えっ！」

岡崎は絶句し、佐多も驚いた。

「それじゃ、世が世ならお殿様という——」

「いやいや」手を振って、「そんなことを言ってもあまり意味はないでしょう。現に世は世じゃなく、ぼくなど一介のサラリーマン、将来偉くなる見込みもありません」

上着をあずまやのテーブルに置くと、ズボンのポケットから名刺入れを取り出し、一枚抜いて岡崎に渡した。「財前善行《よしゆき》」という名前で、大手商社に勤務しているらしい。所属部署の名前や肩書きから「将来偉くなる」見込みがなさそうとも、またはありそうとも、佐多にはまったく見当もつかない。

「今日は代休なので、撮影を見学しているんですが、終わったらちょっとだけ社のほうへ顔を出そうかなと」

「あの村瀬さんのファンなんですか?」

「いや、そこまででは」岡崎の問いかけに一応首を振って、「だけど人気の彼女がうちに来るなら、ひと目見ておこうかと。やはりきれいな女性は見て楽しいですからね。きれいな猫もそうですが」

「猫はお好きなんですか?」こちらは佐多の質問に、

「ええ、子供のころにはうちで飼っていたこともあります」財前氏はうなずくと、

「ああいう純血種じゃなく雑種でしたが、父がよそへやってしまったんですよ。遊びにきた小さい子——二歳くらいの男の子が昼寝をしていた時に、猫が顔の上に乗ってしまい、その子が窒息しかけるという騒ぎがあったので。

たしか以前うちにいたお手伝いの女性が、子供を見せにたずねてきたとかで、その日は母が

いつになく不機嫌だったのをおぼえています。あとで思えば、あの子は父の隠し子だったのかも——」

「いやあ、立派なお家というのも、なかなか大変ですねえ。いろいろなことがあるみたいで」

岡崎がずけずけと言い、財前氏は大きな笑みを浮かべる。いっそすがすがしいほどの無神経な物言いが気に入ったのかもしれない。

そんな会話のあいだ、監督はなおも厳しい調子で黒服の男への駄目出しをつづけていたが、

「そんなことなら、そこにいる運送屋の兄ちゃん」いきなり佐多のほうを示し、「彼にでも代わってもらったほうがましなんじゃないか」

岡崎が色めき立ち、佐多は「えっ」とうろたえる——と、

「まあ、今のは冗談だけどさ」

それはそうだろう。とはいえ佐多のほうへ視線が集まり、その中には村瀬ミナのものもあった。

彼女は佐多を斜めに見て「ふっ」と笑い、その徹底的な無関心ぶり——自分が美しく輝いていればほかのことはどうでもいいとよくわかる態度に、佐多はいくぶん傷つき、同時に感銘を受けた。その笑顔はやはり、たとえようもなく美しかったから。

「じゃ、もう一回——」

監督が言いかけて猫のほうを見やり、「あっ、こりゃいかん」

強い陽射しをさえぎる野点傘の下で丸くなり、すっかり眠ってしまっているらしい。

「申しわけありません。最近は猫ブームとかで、サーシャもこのところ撮影がたてこみ、疲れがたまっているようで――」

協議のすえ、「猫待ち」で一時間の休憩ということに決まった。誰もいい顔をしなかったが、ここで財前氏が如才《じよさい》なく、

「よければ家のほうでお休みください。大広間ならみなさん入れますから。何もありませんがせめてお茶でも」

「旅館でしか聞かない言葉だよな、大広間だなんて」と岡崎。「マッサージチェアや卓球台もあるのかな」

こうして一同そろって邸宅に移動、玄関ホールの脇にある大広間に三々五々腰をおろし、家政婦らしい女性からお茶のサービスを受けた。

煙草をすう、電話をかけるなどの目的で外に出る者もいたが、多くは仕事仲間と何やら話すか、黙々とスマートフォンをいじくっている。財前氏は家の主人らしく客のあいだを歩き回り、

「おや、南《みなみ》さん、それはさっきの猫ですね。もしかしてリアルタイムの映像ですか」

「ええ」動物プロダクションの男がうなずいて、「眠ってしまった時などこうしてそばを離れることもありますから、そんな時はモニターカメラを置いておくんです。

小さなカメラで、スマホに映像を送れるから安心――おや?」

南の声につられて、近くにいた岡崎と佐多も画面をのぞきこむ。

あずまやから見て池の左側、祠のあたりにカメラを置き、中央の縁台で眠る猫を映した映像

だとわかる。右側に建つ土蔵が猫のうしろに映りこんでいるからだが、その土蔵の扉の前に誰かがたたずんでいる。

白い壁を背にしてほとんどシルエット状態、男のように見えるものの、髪が短い（またはまとめている）パンツ姿の女性かもしれない。そんな誰かが土蔵の扉を開けて中に入り、ほどなく出ていった――猫の体に邪魔されてわかりづらいが、どうもそういうことらしい。

「しかし、あの扉には鍵がかかって――」財前氏は言いかけた言葉を切って、「あっ、そうだ」

「どうしたんです？」

「土蔵の鍵を、あずまやに置いてきた。ほかの鍵といっしょに上着のポケットに入っていたのを、上着ごとあそこのテーブルに置いてきてしまったんです」

そういえば、最初に会った時にはスーツ姿だった財前氏が、今はワイシャツ一枚である。

「ちょっとようすを見てきましょう。よければいっしょに来てください」

人柄が気に入ったのか、または腕っぷしが強そうだと判断したのか。財前氏が岡崎に言い、岡崎が「じゃ佐多くんも」、南も「わたしもサーシャのようすを見に行かないと」と言って立ちあがる。

財前氏が合鍵を取ってきて、四人で玄関を出ると、池のほうからこちらに向かってくる人物に出くわす。すらりとした姿は例の黒服の俳優で、

「ああ、ちょっと」財前氏が彼に声をかける。「きみ、名前は何ていうの？」

「川村《かわむら》です」

「そう、よければ、きみもいっしょに来て」

「何かあったんですか？」繊細そうな顔の眉をひそめながらも、川村はおとなしく彼らのあとについてきた。

池のところまで来ると南は猫のいるほうへ橋を渡ってゆき、財前氏、岡崎と佐多、そして川村の四人が池のほとりを歩いて土蔵に向かう。

「鍵がかかっている」

財前氏が合鍵で扉を開けてのぞきこむと、中は一見荒らされたようすもなく、さまざまな品物がそれなりに整然と置かれているように見えた。

「何かなくなっているものはありますか？」

「今のところは――いや」鋭い声になり、「掛軸がひとつなくなっているような気がする」

「えっ？」

「本当ですか？」

「たぶん。あとでゆっくり調べてみます」

扉を閉めて鍵をかけ、池のほとりの小道をたどってあずまやへ向かう。テーブルに置いてあった上着を手にとり、ポケットの鍵束をたしかめてから羽織ると、ふと地面の一点を指さし、

「そこに落ちているのは何だろう？」

その近くにいた川村が身をかがめて拾う――きれいなYの字の形で一見人工物のように見えたが、たまたまそういう形をした小枝のようだ。

「ただの木の枝ですね。ありがとう。では、家に戻りましょう」

財前氏は池の左方向に歩き出し、祠のそばを通って邸宅のほうへ向かう。これで池を時計回りにほぼ一周したことになる。

邸宅に戻った財前氏は何だか上背が伸びたように見えた。「一介のサラリーマン」というより、「世が世ならお殿様」にふさわしい威厳を発揮して、全員を大広間に集め、

「撮影を再開する前に、みなさんに聞いていただきたいことがあります」よく通る声でそう切り出した。

「実は先ほど、誰かがうちの土蔵に入った——わたしが置きっぱなしにした鍵を使って入ったようすが、動物プロダクションの南さんのカメラに映っていたのです」

「えっ？」

「何だって？」

「ただし」財前氏はつづけて、「諸条件からあまりはっきりした映像ではなく、ズボンをはいた人物というだけ、男性とも女性とも見当がつきません。

そんな人物が土蔵に入り、ある品物を持ち出したらしい。これはあくまでも推測、その品が見当たらないことからそう思われるだけで、持ち出すところがカメラに映っていたわけではありません。

ちなみにこの家のセキュリティですが、門の出入りはそれなりにチェックしており、塀を乗り越えるのもまず無理です。となれば、現在敷地内にいるのは、わたし自身とこの家の使用人

をのぞけばみなさんだけで——」

「つまり、われわれの中の誰かが、財前さんに無断で土蔵に入ったとおっしゃるのですか。そしてそこにあった品物を盗んだと」

監督が言い、大広間にざわめきがひろがる。村瀬ミナひとりが余裕のある表情だった。ほかの誰がどんなジーンズ、チノパンツ、カーゴパンツなどをはいていようと、彼女だけは華やかなワンピースをまとっていたから。

「盗んだとは言っていません」と財前氏、「あくまでも『持ち出した』『可能性がある』というだけで」

「なるほど」監督はどちらでもよさそうにうなずいて、「で、どうされます？　警察を呼びますか？」

「いいえ」というのが返事だった。「何といっても、ここはわたしの家、皆さんは客人で、なるべく無粋なまねはしたくありません。

とはいうものの、ひとつだけお願いがあります。撮影がすんでお帰りになる時には、荷物をあらためさせていただくということ。箱や鞄の中をざっと拝見する——上着やジャケットをお召しの場合は、一度脱いでいただくという程度です。これに対してご同意いただけるなら、わたしとしてはそれだけで結構、そう思っています」

なくなったものが掛軸なら（この場ではそれを伏せているが）ほどほどにかさばり、そのくらいの検査でじゅうぶんだろう。

「つまり、誰がやったかは詮索しないと」監督がいくぶん苦々しげな表情で、「たとえ土蔵にあった品を持ち出したとしても、帰る時に置いて行きさえすれば、それ以上の追及はしない。おっしゃるのはそういうことのようですね。

財前さんとしてはわれわれが帰ったあとで敷地内をくまなく探せば、その品を見つけて回収することができると。しかし、もし見つからなかったら？」

「その時はしかたがありません」財前氏はあっさり、「実のところあの土蔵はもう長いこと整理していないので、厳密にいえば、問題の品が見つからなかったとしても今日なくなったと断言することはできないのです。

そういうだらしない状態ですし、鍵についてもぼくの管理が甘かったといえる。また品物自体も、それなりに貴重なもののはずですが、評価額としては百万するかしないかでしょうし

——」

大したことはないとでも言いたげな口調に、広間に並ぶ関係者たちがまたざわめいた。

そんな掛軸を、この中の誰かが盗んだのだろうか。動きやすさ重視のカジュアルな服装の面々を見渡しながら、佐多はそう考える。実際の話、パンツ姿というなら、村瀬ミナ以外は男も女もひとり残らずそうなのだった。

関係者の中で今この場にいないのは動物プロダクションの南だが、彼が土蔵に入ったはずはない。カメラが侵入者の姿をとらえた時にこの大広間にいて、アリバイが成立するからだ。それをいうなら岡崎と佐多、また財前氏本人にも。

あの瞬間には大勢が部屋にいたのだから、本来なら同じアリバイが大勢に関して成立するはずだが、そのことを疑いの余地なく証拠立てられるのは、財前氏といっしょに映像を見た佐多たちくらいということになる。

ともかくこれだけの屋敷なら、財前の言う通りセキュリティはしっかりしているはず、無関係な人間が入ってくることはありえないのだから——佐多がそう考えていた折も折、

「すみません」家政婦が顔をのぞかせ、

「門のところにお客さんがいらっしゃっているそうです。南さんという方とお約束があるとかで」

「ああ、そういえば」財前氏は思い出したように、

「南さんから聞いています。彼のお客さんがひとり——会社への出資を検討している人が、今日の撮影を見学に来ると。それにしては来るのが遅かったようだが」

「お通ししてもよろしいでしょうか?」

「門のほうにそう伝えてください」

財前氏はうなずいているのに、家政婦はなぜかためらっている。

「何ですか?」

「実は、おひとりではなくて。といってお二人でもなく、ひとりと一匹というか」

「動物プロダクションの出資者候補が、動物を連れてきたというわけですか。で、その動物というのは?」

「猫ちゃんだそうです。白と黒で、たぶん雑種の」

家政婦のそんな返答を聞く前から、何となく予感はあったのだ。佐多はひそかに岡崎と顔を見合わせる。

ややあって通されてきたのはもちろん、きちんとした服装と長めの髪がふつりあいな細身の中年男と、仮面をつけたように顔の上半分が黒く、タキシードをまとったように背中と四本の脚が黒い猫だった。前者はよく磨かれた靴の音を響かせ、後者は白い足先で音もなく、磨かれた寄木《よせぎ》細工の床を進んでくる。実際には猫のほうが主で人間が従——実業家兼童話作家だというニャン氏と、その秘書兼何やらの丸山である。

ニャン氏はころあいの位置で立ちどまると、猫独特の値踏みするような目で室内をざっと見渡し、

「ニャーニャニャ、ニャニャンニャニャ？」

一見人なつっこそうな印象を怜悧《れいり》なペパーミントグリーンの瞳が裏切っているような、やはりそうでもないような丸顔を上げて鳴き声を響かせ、

「お取り込み中のところへお邪魔したのではないといいのですが——」

いつも通りの声——慇懃《いんぎん》無礼《ぶれい》にも聞こえる低い声で、丸山が言う。語尾に「ニャ」をつけてはいないが、ニャン氏の言葉を通訳していることは見当がついた。

「いえいえ、そんなことは」財前氏は如才なく、「わたしは財前で、あちらが撮影の指揮をとっておられる監督、南さんは猫と庭のほうにいます。その猫が眠ってしまったので休憩中でし

たが、そろそろ再開できるかもしれません」

「それじゃ、行ってみますか」

監督が夢からさめたような調子で言って、一同ぞろぞろと庭園の池の向こうへ移動した。あずまやでは南が椅子にすわり、目をさましたロシアンブルーのサーシャの機嫌をとっている。

佐多はニャン氏のほうをふり返る——彼とこの純血種の猫とのあいだにどんな交流が成立するのか、またはしないのか気になっていたのだが、二匹は相手の姿を目にとめると、それぞれ色合いのちがうグリーンの瞳をつかのま見交わし、直後にどちらからともなくそらした。おたがい別の世界に生きる猫とひと目でわかり、完全に興味を失ったかのようだった。

撮影スタッフは機材を設置し、メイク担当は村瀬ミナの顔に刷毛《はけ》を当てる。彼女とサーシャ、それに川村が橋の上に移動して撮影が再開すると、

「ここにいて、ようすを見ていてください」財前氏は岡崎と佐多に言って、「ぼくは土蔵の中をもう一度調べてきます」

丸山はニャン氏ともども近くの椅子にすわり、南と何やら話しこんでいる。漏れ聞こえる言葉の端々からは、ビジネスの話より、土蔵をめぐる一件のほうにやや時間を割いているような印象があった。

撮影はあいかわらず手間取り、そうこうするあいだに財前氏が戻ってきて、佐多たちのそばに腰をおろすと、

「やはり掛軸がなくなっています」と告げた。「さっきすぐに気づいたのは、もともと対《つい》にな

っている二軸をいっしょにしまってあったのが、片方しか見当たらなかったからです。離れたところにまぎれこんだのかと、土蔵の隅々まで探しましたが——」

「見つからなかった?」

「そういうことです」うなずいて、「ただしさっきも言った通り、なくなっているからといって今日持ち出されたとはかぎりません。何しろ土蔵の整理をきちんとやったのは何年も前、まだ父が生きているころでしたから。亡くなる前後に出入りした大勢のうちの誰かが、こっそり持って行ったということもありえなくはない」

「でも」と岡崎、「今日という日に、誰かがあそこに忍びこんだのはたしかなんですよね。カメラにはっきり映っていたんだから」

「そうです。ぼくの鍵を使った形跡もある。いつも上着の右のポケットに入れているのが、左に移動していましたから」

「つまりこうですか。犯人のほうでは何かの折に、財前さんが鍵束の入った上着をここへ置きっぱなしにしたところを見て——」

「土蔵に侵入できると判断し、実行した。そう考えれば腑に落ちるようですが、それがわからないところでもあるんです」

「どういう意味ですか?」

「侵入者はぼくのポケットの鍵を使った。このことから導き出される一番の容疑者は、別の点で疑いが晴れてしまうので」

「つまりどういう――」

「こういうことです。この人物の目的は土蔵から何かを持ち出す、あるいは少なくとも土蔵に入ることですが、そのためには鍵が必要、そして鍵はこのあずまやにある。

家を出発したあと、最初にこのあずまやに寄り、次に土蔵をめざすことになる。その時にはどういうルートをたどるのが自然でしょう？」

「それは――」

「のんびり移動するつもりなら、今みんなでここへやってきた時のように、池のほとりをぐるっと回ってきてもかまわない。右手からでも左手からでも、距離も歩きやすさも大きなちがいはありません。

けれども急ぐ時、早くものごとをすませたい時は、何をおいても橋を渡るのではありませんか？」

たしかにそう、あずまやから家へ、また家からあずまやへ直接移動するなら、橋を渡るのがだんぜん近い。池はこちらから見て横長の形だから、それとこれとでずいぶん距離がちがう。

「橋の中央に縁台がありますが、ちょっと回りこむなりまたぎ越えるなりすれば簡単に渡ることができる。けれどもあの侵入者はそうしなかった。行きも帰りも――家からあずまやに行って鍵を手に入れて土蔵に侵入、そのあと鍵をあずまやに戻して家に戻るという流れの中で、一度も橋を渡っていないのです」

「ああ、そうか」と岡崎。「何しろ橋を渡れば南さんのカメラに映るはずですからね。となるとどういうことでしょう？」

「カメラに映るのを避けて遠回りしたということでしょうか？」佐多が思いついたことを口にすると、

「いや、カメラのことは知らなかったでしょう」と財前氏。「祠のところに目立たない形で置いてあったし、それに――」

「それに？」

「侵入者がカメラの存在を知っていれば、あんなに無防備に土蔵の前に立ったりしなかったでしょう。横から腕だけ伸ばして鍵を開け、さっと入っていくとか、ほかにやりようがあったはずです」

そうかもしれない。カメラに映った姿が誰ともわからないシルエットだったというのは、あくまで結果論、予想できることではないからだ。カメラがあることを知っていれば、なるべくその延長線上に立たない工夫をしたはず。

「だとすると、犯人が遠回りしたのは――」

「別の理由で橋を渡りたくなかったということでしょう」

「別の理由？」

「さっきも言った通り、橋の中央には縁台がありました。そしてそれだけではなく――」

佐多はコマーシャル撮影のカメラが向けられた先を見る。美貌の村瀬ミナの隣で、ある意味彼女にも劣らぬオーラを放っている、輝くようなグレーの毛並みを。

「橋を渡らなかった侵入者とは、猫が苦手な人物。そう考えるのが人情というものではないでしょうか」

「あいつ――川村でしたっけ」

休憩前よりはいくらかましな、とはいえまだぎこちなさの残る動きで猫と共演する男を見ながら、岡崎は大きな地声をあわててひそめ、

「あの時、外から戻ってくるところだったんですよね。ぼくらが土蔵を調べに行こうとした時。タイミング的にはちょうど――」

「そう、タイミングはまさにちょうどいいが」と財前氏、「あの時、彼はかさばるものを持っていませんでした」

「えっ？　ああ――」

「手に持っていなかったというだけではない。男が上着やジャケットを羽織っていれば――特に背が高く細身の体つきなら、ちょっとした品物を懐に隠すことはわりあい簡単です。遠くから姿を見たり、行きがけにすれちがった程度なら、抱えているものに気づかなくてもいっこうにおかしくありません。

だけどぼくは彼に声をかけてついてこさせ、しばらくいっしょに行動し、地面に落ちているものを身をかがめて拾わせすらした。あの時の彼が掛軸を抱えこんでなどいなかったことは保証できます」

財前氏の一連の行動にはそういう意味があったのか。佐多は今さらながら納得する。

「一番あやしい容疑者が、一番あやしくない人物でもある。さっき言ったのはそういう意味で――」

「いや、でも、ぼくらと会う前に隠したのかもしれませんよ?」岡崎がさえぎる。「たとえばこのあずまやに。財前さんの上着に鍵を戻しにきた時」

「それを今から調べるんです」

財前氏は立ち上がると、両手をポケットにつっこみ、いかにも家の主人らしい鷹揚《おうよう》な態度で、あちこちに置かれた撮影用の機材、大道具小道具のたぐいをのぞきこんでいった。

ごたごたしているとはいえ、しょせんはあずまやで、普通の部屋のような棚や引き出しがあるわけでもない。財前氏はほどなく戻ってくると、首を左右に振りながら腰をおろす。

「ここにはありませんね」

「じゃあ、川村が掛軸を持ち出したわけじゃない?」

「そういうことになるでしょう。さっき通りがけに見たかぎりでは、祠のところにもありませんでしたし。まさか地面に埋めたり、池に投げこんだりもしないでしょうから」

「だとすると、あいつではない犯人が別にいることに――」岡崎が言いかけ、

「犯人というより、侵入者ですね」財前が訂正する。

「そう、とにかく侵入者がいたことはまちがいない。土蔵に入るところがカメラに映っているんですからね。だけどそいつが橋を渡るところは映っていない。

どうして橋を渡らなかったのか。そいつも川村と同様、猫が苦手だったのか、それともほか

に理由があるのか」

「侵入者は橋を渡らず、池のほとりを通ってあずまやに行った」と佐多。「たぶん左手の祠のほう、南さんがそなえつけたカメラのうしろをまわって行ったんでしょうけど、そちら側に何か用事があったんでしょうか？」

「用事って、どんな？」岡崎がずけずけと言い、

「もちろんわかりませんけど」佐多がへどもどと言って、「だけど念のため、撮影がすんだらそのあたりをよく調べてみたほうがいいかも——」

佐多は言葉を切る。自分の声がやけに大きく響いた気がしたのだ。

あずまやの池に近い側からは撮影スタッフの声があいかわらず響いているのだが、こちら側が妙に静かだ。動物プロダクションの南と丸山がさっきまでの会話をやめ、ニャン氏ともどもこちらをじっと見ている。

「ニャーニャニャニャ、ニャンニャニャ、ニャー？」

あずまやの椅子に狛犬《こまいぬ》のような姿勢ですわったニャン氏が、ペパーミントグリーンの瞳をまっすぐ佐多に向け、さぐるような上目づかいで複雑な鳴き声をたてる。

「たいへん差し出がましいようですが」と丸山、「そんな必要はないのでは？」

「祠のあたりを調べる必要はない、ということでしょうか」

財前氏が思わぬ介入を迷惑がっているというより、どちらかといえば面白がっているような調子で言う。

「ニャーニャニャニャニャ――」

「そればかりではありません。この家のどこも調べる必要がない――隠された何かを求めて家捜しする必要などないのでは、そう申し上げているのです」

「おっしゃるのは」と財前氏、「掛軸がどこかに隠されているわけではないということでしょうか？」

「ニャ」

ニャン氏は『まかせる』というように丸山の顔を見、丸山がうなずいて、

「そういうことです。こちらの南さんからだいたいの事情をうかがい、また失礼ながら先ほどからのそちらのお話も猫耳、いや小耳にはさんで、そのように考えるしだいです」

「その考えというのをぜひお聞かせいただきたい」財前氏は身を乗り出し、はずみでずれた眼鏡を直して、

「掛軸がどこにも隠されていないとすれば、つまり、あの侵入者は掛軸を持ち出したわけではない――」

「そのように考えたほうが、筋が通るのではないかと」

「筋が通るとは？」

「目的は何であれ土蔵に入ろうとする、そのための鍵をこのあずまやに取りにくる人物が、お屋敷のほうから橋を渡らず、わざわざ池を半周して来ようという理由――合理的な理由が、今のところひとつしか見つかっていないことからすれば」

「そのひとつとは」財前氏は用心深く、「『猫が苦手』というやつのことですよね」

「おっしゃる通り。それが今のところ唯一のもっともな理由です。

ここにおられる南さん、またはわたしのような人間にとってはまことに理解しがたいことではありますが、世の中は広く、猫の嫌いな方もおられるのは事実です。

嘆《なげ》かわしいことにそれなりの数おられるようですが、そうはいってもお仕事の中で手をさしのべることとさえためらわれる——苦手どころか怖がっているほどの方となれば、そう大勢はいらっしゃらないでしょう。

そして眠っている猫のそばを通ることすら避けて、わざわざ遠回りというのは、まさにそのような少数の方のなさることでしょう」

「おっしゃるのは、つまり」財前氏が低い声で、「土蔵に侵入したのは川村氏だと、そういうことですよね」

「ニャー」

「それが妥当な見方ではないかと」

「だとすると——」

「だとすると、先ほど財前様がおっしゃった通り、その方は用事を終えて戻ってきた時に掛軸を持っていなかった。財前様たちと出会った時には持っておらず、それより前にあずまやに隠してもいなければ、祠のところに隠したわけでもない」

「わたしがカメラを回収した時には、そんなものはありませんでしたからね」南が断言し、丸

山はつづけて、

「これも財前様がおっしゃったように、池に投げこんだり、地面に埋めたわけでもないでしょう。となればそもそも、掛軸にしろ何にしろ、かさばるものを持ち出していない。目的はそんなことではなかったと考えるほうがよさそうです」

「では、何が目的だったのでしょう?」財前氏が真剣に身を乗り出し、

「わざわざ人のポケットから鍵を取って土蔵に侵入したからには、はっきりした目的があったにちがいない。またあそこにあるもので値打ちのある品といえば、掛軸でなくとも皿だの茶碗だの『かさばる品』ばかり。そうしたものを持ち出してもいないのだから――」

「ニャーニャニャ」

「気になりますのは、やはり掛軸のことです。それについて財前様がおっしゃったこと」

「何のことでしょう?」

「掛軸がなくなっている、そうお思いになったのは、もともと二軸の対になっていたものがひとつしかなかったから。そしてまちがいなく二軸そろっていたのは何年も前、そのあとは確認されていないとのお話でした。

だとすれば何も、今日まで二軸そろっていたものが持ち出されてひと軸だけになったとはかぎりません」

「ええ、たしかに、もっと前からひと軸が持ち出されていたという可能性も――」

「そうではなく」丸山がさえぎり、「こうは考えられませんでしょうか。もっと前に二軸とも

持ち出されていたところへ、今日ひと軸が戻されたと」

「えっ?」

「これも財前様がおっしゃっていた通り、掛軸程度の品物なら、細身の男性が上着の中に隠して持ち歩くのはできなくもないことです。川村氏はその条件にあてはまるものの、土蔵を出たあと掛軸を持っていなかったことは財前様がほぼ証明なさいました。ですが土蔵に入る前はどうでしょう?」

「前ですって?」

「撮影が休憩になった時、もともと鞄に入れて持ってきていた掛軸を上着の中に隠し、池を回りこんであずまやに来て鍵を手に入れる。その鍵で土蔵を開けると、持ってきた掛軸をそこへ入れ、あずまやに鍵を戻して屋敷のほうへ向かう。

　これなら可能だったのではありませんか?　土蔵へ行くまでは誰にも出会わず、落ちているものを拾えと言われたりもしなかった。いっぽう用事を終えて帰ってくる時には手ぶらだったことになりますから」

「しかし——」

「もっと前に持ち出されていた掛軸を、川村さんが返しにきたということですか」佐多が黙っていられずに言葉をはさむ。「彼自身が以前に盗んだということでしょうか?」

「ニャーニャ」

「いえ、そうではないでしょう。なぜなら川村氏は、その掛軸が二軸一対のものだと知らなかったはずですから。

知っていれば片方だけ戻したりしない。対のものが二つともなくなり、そのことが騒ぎになってもいないところへひとつだけ戻せば、『ひとつしかない』ことでかえって目立ち、逆に紛失に気づかれる——そういう可能性に思いいたるはずですから。

二軸一対と知らなかった川村氏が、よかれと思って手元にある一軸を土蔵に戻した。おそらく別の誰かがまとめて盗み、片方をすでに売ってしまっていたのでしょう」

「その別の誰かとは——」

「誰とはわかりませんが、まあ川村氏の身内でしょうか。ところで話は変わりますが」丸山は平然と前置きして、

「先ほど、『猫を嫌う人は一定程度いるが、怖がる人はそこまでいない』という意味のことを申しました」

「ええ、たしかに——」

「南さんからお聞きしたところでは、財前様はそのような人物——というより、そうなる理由のある子供をひとりご存じだったということで」

「えっ？」しばらく考えて、「ああ、あの小さな男の子のことですか。ぼくが子供のころうちに遊びにきて、昼寝をしているところへ猫が顔の上に乗ってしまったという。

たしかにあの子なら、あれがきっかけで猫を怖がるようになってもおかしくは——」

「ちょっと待ってくださいよ」岡崎が例によって大声を出し、そのあとあわてて声をひそめ、

「その男の子が、あの川村だというんですか。だけどその子はここにいたお手伝いさんの息子で、そしてもしかしたら――」

「ともかく、猫の苦手な俳優がこのような撮影の仕事を受けるとすれば、よほどの理由があってのことでしょう」

絶句している財前に向かって、丸山が静かな口調で先をつづけ、

「その撮影も、どうやら、しばらく前に終わったようですが」

財前の背後に目を向けて言い、屋敷の主人はふり返る。いつの間にかセットや機材の撤去が進み、黒服に身をつつんだ川村が緊張したおももちですぐそばに立っていた。

「あの」くちびるをふるわせ、「すみません、ここでのお話が聞こえたもので。あの、何と言ったらいいかわかりませんが――」

「ぼくもちょっと、何と言ったらいいかわからない」

財前はしきりにまばたきして眼鏡をはずし、ハンケチで拭いてかけ直すと、

「今日はこれから会社に顔を出そうと思っていたけど、やめました。きみも時間があったら、ここでゆっくりしていってください」

如才ないサラリーマンらしい態度とも、先ほど見せた威厳のある態度ともちがう顔つきでそう言ってから、我に返ったように丸山のほうを向いて、

「ありがとうございました」頭をさげる。「先ほどのお話はとてもためになりました」

顔を上げてから、丸山とニャン氏の顔を等分に見る。もしかしたらさっきの話の出どころは

この猫だった？　と頭の片隅で思っているように。

「ニャーニャニャニャ、ニャンニャ」

「勝手な推測を並べただけで、お礼を言っていただくようなことは何もありません」と丸山。

「それはそうと、川村さん——」

「はい」

猫の苦手な川村がかしこまり、緊張したおもちで丸山とその連れのほうを見る。

「わたしの雇い主を代弁して、あなたに申し上げたいことがあります」

「何でしょう？」

「ニャニャニャ、ニャニャーニャニャ」

「ネコと和解せよ、ということです」と丸山。「この近所の家の壁に、そんな看板がありました」

「おわかりと思いますが、あれはいたずらですよ」財前が言う。「『神』という字の縦棒二本、横棒一本を塗りつぶして——」

「ニャニャニャニャニャーニャニャニャ、ニャーニャニャニャニャニャニャーニャニャンニャ」

「ネコと和解すれば、遠回りをする必要もない。目の前にあるまっすぐな道を、塗りつぶしてふさいでしまうこともないんだニャ」

うっかり「ニャ」をつけてしまい、丸山はばつの悪そうな顔になったが、いつもの無表情に

戻って立ち上がると深々と一礼して、

「それでは南さん、あの件ではまたご連絡します」

例によって佐多のほうを上目づかいに見てから、ひざまでの高さしかない雇い主とともに、池にかかる橋をまっすぐ歩いて去っていったのだった。

海からの贈り物

「なんか今日は、いつもと感じがちがいますね？」

バイトを終えて帰りかけた佐多が、配送センターの出口で岡崎といっしょになり、率直な感想を口にした。

これまでにも岡崎の私服姿を見たことはあるものの、だいたいは仕事中と似たような印象。真冬以外は半袖のポロシャツから太い腕をのぞかせているような男のはずが、ピンストライプのシャツに赤茶のブレザー、芥子《からし》色のズボンという秋らしい装いに身をつつんでいる。

「床屋に行ったな、というのは仕事中に気がついたんですけど――」

佐多が言うと、岡崎はひとさし指を立て、ぬいぐるみの熊のような顔といっしょに小さく左右に動かす。

「美容院だよ。び・よ・う・い・ん」

「えっ？」佐多は心底驚いて、「岡崎さんが美容院？　しかも、服装もそんなにお洒落《しやれ》な――」

「メンズファッションの雑誌を参考にした」胸を張る。「美容院に置いてあったからね。値段はそこに出てたやつの三分の一くらいだけど、どう？」

「かっこいいですよ」と佐多。「少なくとも七五三には見えません。で、何があるんですか？　デート？　お見合い？」

「近いね」ひとさし指を今度はまっすぐ突き出す。「合コンだよ。『桃太郎クラブ』の」

「何です、それ?」

「『気はやさしくて、力持ち』っていうだろ? そういうタイプの男と、それが好きな女の人の出会いの場」

二人肩を並べて最寄りのバス停へ歩き出す。岡崎はふだん車で来ているはずだが、今日はもちろんバス利用である。

「体育会系の男の中には、あんまりやさしくないやつもいるの。女の人に威張ったり、こき使ったり」

「はあ」

「そういうのとちがって、体はマッチョ、心は紳士。そんな男が好みの女性も多いってことだよ」

到着したバスに乗りこみ、吊り革につかまる。そわそわと鼻歌まじりの岡崎に向かい、

「で、女の人のほうはどうなんですか?」

佐多はふと思いついてたずねてみる。

「何が?」

「さっきの『クラブ』の話ですよ。男の人が岡崎さんみたいなタイプっていうのは聞きましたけど、女の人はどんな?」

「そりゃあ」岡崎はこともなげに、「特に決まってないよ」

「えっ、どうして？　岡崎さんたちの好みは反映されないんですか？」

「だって、われわれは選んでもらう側だから。テレビの動物番組なんかでもいつもそうだろ。生物界の掟《おきて》だね」

「ちょっと納得できないなあ――」

などと言っているうちにバスは終点の駅前に着く。仕事帰りの人々や学生たち（佐多は自分はそのどちらに属するのだろうかと考える）が薄暮の中を行き来するロータリーで、横断歩道の信号を待ちながら、

「それはそうと」岡崎がふいに、「佐多くんは彼女いないんだっけ？」

「いませんよ」

「でも佐多くんなんかはもてるんじゃない？　そりゃあすごい男前ってほどじゃないけど、まあまあの見た目で、育ちもよさそうで。その分気弱そうなところは、女の子から見ていまいちかもしれないけど」

何だかんだと仕事をともにする機会が多く、気心が知れてきたとはいえ、なかなか遠慮のないことを言う。

そんな岡崎に向かって、佐多はふと心情を吐露《とろ》したくなり、

「彼女がいたことはあるんですけど」

「うん」

「でも、ふられたんですよ」

「ああ、そう」岡崎は『とりあえず』という感じに気の毒そうな表情を浮かべてから、「で、どんな子だったの?」

「かわいい子でしたね」佐多は嘘いつわりのないところを言った。「すました美人という感じじゃなく、笑顔が似合うというか」

「いいねえ。大学の同級生?」

「一年後輩ですけど、ぼくらのあいだでも有名なくらい、目立ってかわいい子」

「そういう子とつきあってたんだ。すごいじゃない。どうしてそうなったの?」

「雨の日に傘を貸してあげたんです。大学の図書館の前で。それがきっかけだと思っていたけど――」

本当はそういうことではなかったらしい、とはなかなか言えずにためらっていると、

「でも、ふられたと」岡崎がさらにずけずけと言い、

「そうです」佐多は素直にうなずく。「噂では、もう結婚も決まってるとか。まだ三年生ですけど、卒業したらすぐにもって」

「ああ、そう。それは絶望的だね」

「そうなんです。ただ少々複雑な事情があって、見る人によっては、ぼくのほうが彼女をふったと――」

佐多の言葉はまたしても宙に浮くことになった。というのも、

「俊英さん?」

そんな声が響いてきたからだ。背後からだが、まるで過去からのように聞こえる、甘さと苦さの混ざった記憶を揺り起こす声。

ふり返ると、そこに彼女――立花実佳《たちばなみか》がいた。花模様のブラウスにニットのジャケット、流行の形らしいものを羽織って、あいかわらずお洒落で女の子らしい格好。

「やっぱりそうだ。ひさしぶり」

表情もあいかわらずの笑顔だが、心なしかえくぼが深くなった気もする。

「ああ、そうだね――」

声がかすれてうまく出ない。隣では岡崎が目を丸くしている。さっき話した「彼女」にほかならないということは、顔を見てすぐにわかったはず。

「じゃあ、おれ、待ち合わせの時間があるから」

表情からは興味津々にも、逆に気まずそうにも見えるものの、時間の件は本当なのだろう。そそくさと去ってゆく岡崎に会釈《えしゃく》を送った実佳が、あらためて佐多に向き直り、

「俊英さんは何か予定があるの?」

「いや――」

「急いでないなら、お茶でも飲まない?　せっかく会えたんだし」

「ああ、そうだね」

佐多はぎくしゃくとうなずき、二人はそこからほど近い、セルフサービスのコーヒーショップをめざした。

行ってみると店内はかなり混み合い、席があることはあるものの、もと恋人同士には少々狭すぎる気がする。現在進行中のカップルならかまわないのだろうが。というより、現在進行中のカップルなら、どこのどんな場所でも幸せな二人の空間にしてしまうのだろうが。

「テラスのほうはすいてる」実佳が指さして、「あっちにする？　寒くない？　大丈夫、というやりとりのあと、広いテラスに移動した。十月なかばの暖かい夕方だったが、念のため店に用意してある膝掛けを持って。

テーブルをへだてて実佳と向かいあうと、以前同様の愛らしさに心を打たれるいっぽう、どこか前より大人びて見えるのにも気づく。そんな彼女のほうも佐多の姿をつくづくと見ながら、

「俊英さんは元気そう。それだけじゃなく、少したくましくなったかも」

「配送のアルバイトを結構やっているから」

「さっきの人と？　いかにもそんな感じの人ね」

「気はやさしくて力持ち、と自分で言ってたな」

佐多は「桃太郎クラブ」の話をしようかと思うがやめておく。いっしょに働く岡崎のことを、ひさしぶりに会った実佳との雑談の肴《さかな》にするのはどうかと思ったのだ。

だが、だとしたらいったい何の話をするのか。

「大学には戻るんでしょう？」実佳が当然話題にのぼりそうな質問をする。「来年の春から？」

「そうだね、うん、考えてるんだけど――」

「迷っているみたいね。来年復学すれば、わたしと同級生になってしまうから？」

佐多はその質問への答えを避け、

「結婚するんだって？」実佳のほうへ、こちらも当然話題にのぼりそうな質問をぶつけた。

「卒業したらすぐ？」

「そう」彼女はうなずいて、「もしかしたら、卒業前、来年のうちにするかもしれない」

人づてでなく本人の口から聞くと、胸の奥にちりちりするものを感じた。実佳への未練はほとんどないと思っていたのだが。ほとんどというか、大部分というか——

「どんな人？」

実佳は彼らの大学より一ランク偏差値が高く、良家の子女が多いといわれる大学の名前をあげる。相手はそこの大学院生だという。

「わたしのいとこと同じところで、彼を通じて知り合ったの」

「ああ、そう」

「お父さんは小さな会社の社長だから、いいうちのお坊ちゃんよ。もちろん俊英さんほどじゃないけど」

「ぼくは『いいうちのお坊ちゃん』じゃないよ」

実佳は聞く耳も持たないというように肩をすくめる。佐多が育ったのはごく普通の家庭だが、母方の祖父は大道寺修《だいどうじおさむ》、有名企業の創業者で、現在も会長で、富豪で、彼女はそのことを知っているからだ。

そしてそれは本来実佳が知るはずのないことだった。佐多のほうからは話さなかったのだから。彼女にかぎらず、大学の誰にも。

親ならともかく、祖父の職業など、自分から切り出さないかぎり話題にのぼることはない。大道寺修といえば有名人のうちに入るが、佐多は同じ苗字《みようじ》を名乗っているわけでもなく、父の仕事もまったく別だから結びつけられるいわれもない。

誰にも話していない祖父のことを、いつの間にか同級生たちが知っていて、たどってみると実佳にゆきついた。彼女が仲のいい女の子に話したのがひろまったのだ。

どうして知っているのか。問うと、実佳は「調べた」と言い、佐多はこの答えに少なからぬショックを受けた。

調べたから、ぼくが大道寺修の孫だとわかったから、誰からも好かれる実佳が目立たないぼくなんかとつきあうことにしたのか。その疑問を実佳にぶつけると、彼女は否定も肯定もせず、自然と二人のあいだはそれまでのようにはいかなくなった——

といういきさつを佐多は「自分の失恋」だと思っている。けれども実佳と近しい女の子たちの解釈は異なり、「佐多くんが実佳ちゃんをふった」「彼女がかわいそう」などと佐多を非難したりした。

実佳をめぐるそんないきさつに、それ以外——就職活動で苦労する同級生たちから「佐多はいいよね」とため息をつかれるなど、些細《ささい》なことも重なったある朝、佐多は大学に行くことのできない自分に気がついた。行きたくないのではなく、行こうと考えることすら苦痛で、頭痛や胃痛といった身体的な症状をおぼえるほどだった。

繊細すぎた、と今なら思う。その後休学を決め、しばらくのちにいろいろなアルバイト、とりわけ配送の仕事をするようになって、当時の自分を客観的に見られるようになった気がする。

「ともかく、いい人と出会えてよかったね」

佐多が言ったのは決して皮肉ではなく、実佳のほうもそうはとらなかったはずだが、

「そうね、でも――」

口調にまじる苦さから、佐多は実佳が悩んでいることに気づく。彼女が以前より大人びて見えるのは、どうやらそのせいらしいとも。

「何か心配なことでもあるの？」

「心配というか」

実佳は言いかけて言葉を切る。佐多の背後にある何かに気をとられたらしい。

「どうしたの？」

「ううん、ちょっと驚いただけ。こういう店のテラス席って、犬を連れてくる人は珍しくないでしょう？」

この手のコーヒーショップではたいてい、テラス席には犬を連れてきていいことになっている。手すりやテーブルの脚に愛犬をつないで休憩する飼い主の姿は、実佳の言う通り決して珍しいものではない。

「だけど、猫は珍しいなって」

「猫？」

「俊英さんのうしろ、少し離れたところに、ちょっと不思議な男の人がいるの。スーツを着てしゃんとしているけど髪は長めで、足元に猫がすわってる」

「どんな猫?」

佐多が口にしたのは厳密には質問ではなかった——答えは聞く前からほとんどわかっていたのだから。

「顔の上半分が黒で、残りは白。体も黒くてお腹と手足の先が白」実佳がまさに予想通りのことを口にする。「男の人は黒いスーツに白のシャツだから、おそろいみたいにも見える。男の人はやせていて細面、猫は丸顔だけど。

かわいいような、図々しいような、何も考えていないような、賢いような、まあどこにでもいる普通の猫ね」

それは普通の猫の特徴のようでいて、佐多の知っているある一匹にことさら当てはまるという気もした。

何がどうあっても、意地でも、うしろをふり返って見たりはするまい。佐多はそう心に誓って、

「それより、さっきの話——」

「そう、心配ごとがあるのかってたずねてくれたのよね」実佳はいくぶんさびしげなほほえみを浮かべ、

「もしかしたら、また失恋してしまうのかも、そう思って。前は俊英さんにふられたし」

「いや、ぼくのことはともかく、結婚するんじゃないの？」

「そのはずなんだけど──」

「何だったら、話を聞くよ」佐多は言ってから、「まあぼくが聞くようなことじゃないのかもしれないけど、少しでも気が晴れるなら」

「やさしいのね。実は、いとこからおかしな話を聞いたの。話せば長いんだけど」

「この際だから、長くてもかまわない」

「少し前にあった事件、というと大げさだな。学生同士のちょっとしたトラブルみたいな」

「聞くよ」

佐多は覚悟を決めてすわり直し、実佳の顔を励ますように見ながらうなずく。その事件なるものについて、彼女が今話せば、背後にいる例のひと組の耳にも届いてしまうのだろう。そう思いながら。

中年男の長めの髪からのぞく耳と、その足元にすわる猫の、黒ビロードのようなとがった耳。どちらも普通の人間よりずっと鋭く、多少の距離などものともしないことは、これまでの経験でわかっていたのだ。

実佳のいとこの広瀬《ひろせ》は、彼女の婚約者の倉本《くらもと》と大学院の同期で、同じ教授の指導をうけている。この二人と女子学生二人、それに女性教授の計五人が、合宿という名目で一泊旅行に行くことになった。

行き先は江《え》の島《しま》、「あまり遠くなくて、海のそば」という教授の希望にしたがって広瀬がアレンジした。新宿から小田急《おだきゅう》ロマンスカー、渡し船にも乗って、波に洗われる岩場を歩いたり、植物園を散策したり、夜には食事のテーブルを囲みながら研究テーマについて議論した。

「この空気、そしてお料理。まさに『海からの贈り物』という感じね」

上機嫌の教授は、学問以外のことも大いに語った。特に現在恋愛中の彼氏のこと。出張先から届いた絵葉書をわざわざ持ってきていて、学生たちに見せて自慢したり。

その教授が翌朝、急用を知らせる電話を受け、朝食もとらずにあわただしく宿をたつことになった。残った学生たちが食事をすませ、出発しようとロビーに出たところへ、

「先生の部屋にお忘れ物がありました」

宿の人が持ってきたのは、前夜教授が見せびらかしていた、恋人からの絵葉書だった。

日ごろ調子のいい広瀬は教授に気に入られ、こうした行事の幹事役も任されていることから、彼が葉書を受け取って上着のサイドポケットに入れた。すでに荷造りはすませており、あれこれ詰めこんだバッグに入れて皺になるよりはと、自然な流れでそうしたのだという。

四人で宿を出発、途中の土産物店でお菓子や海産物を買ったり、アイスクリームを食べたり、砂浜でジャンプして写真を撮ったりしながら小田急の駅に向かい、新宿行きの特急ロマンスカーに乗りこんだ。

座席を四人向かいあう形にし、荷物を頭上の棚に上げ、腰をおろそうという時に、

「広瀬くん、葉書はちゃんと持ってる?」

モデルのアルバイトをしている美人の安野《あんの》が、長い髪をかきあげながらたずね、

「大丈夫、大丈夫」

軽薄なところのある広瀬が、ポケットを叩いて感触をたしかめながら応じると、

「よかった」

きまじめな委員長タイプの寺川《てらかわ》が、安心したように眼鏡の奥の目を伏せ、

「なくすなよ。先生にとっては大事なものなんだから。あんなつまらない絵葉書でも」

スポーツマンの倉本が念を押し、言わなくてもいいことをつけ加える。とはいえそれは、おそらく彼ら全員の認識でもあったのだろう。

車内での席は女子二人が窓際、安野の隣に広瀬、寺川の隣に倉本という形で、たわいのないおしゃべりをして一時間少々をすごす。

新宿に着くと、「このまま解散というのも何だから、どこかでお茶でも」と寺川が提案し、「少し歩いたところにいつもすいている喫茶店がある」と倉本が言って、四人で新宿の裏通りを歩くことになった。倉本が先に立ってややこしい道をたどり、なぜか野良猫につきまとわれたりしながら、めざす喫茶店にたどりつく。

昔ながらの喫茶店はたしかにすいていて、学生たちは隅のボックス席に陣取ったが、ここで寺川が、

「ところで広瀬くん、絵葉書はちゃんと持ってるわよね?」

「もちろんこうして――」

広瀬は先ほどと同じようにポケットを叩いたが、言葉は宙に浮いてしまった。猛然とポケットの中へ手をつっこみ、茫然《ぼうぜん》と一同の顔を見て、

「ない」

「えっ？」

「ロマンスカーを降りる時に確認しなかったの？」

「どうするんだよ。落としたなんて言ったらただじゃすまないぞ」

青くなった広瀬が、小田急に電話して問い合わせると、彼らの乗ったロマンスカーはすでに車内清掃が終わっているが「絵葉書の落とし物は見つからなかった」という返事。

「おかしいな。落とすとしたら、荷物を棚から下ろした時くらいしか考えられないんだけど」

たしかに、大きな動作のはずみでもなければ、ポケットにおさまった葉書がそうそう落ちるとも思えない。

「でも、その時落としたんなら、車内清掃で見つかるはずよね」安野が首をかしげる。「降りたのは終点だし、そもそも絵葉書なんて、ほかのお客さんが持っていったりもしないだろうし」

「たしかにそうね」寺川がうなずき、「だとしたら――」

「だとしたら？」

「もしかすると、広瀬くんが落としたわけじゃないんじゃない？」

委員長タイプの彼女が一同を見回し、意味ありげな言葉を口にした。

「えっ？」

「どういうこと？」

「広瀬くんのポケットは大きいから、葉書くらいなら簡単に落ちたりしない。彼もそう思ったからこそそこへしまったんでしょう。なのにその葉書がなくなっているとしたら——」

「だとしたら？」

「もしかすると、誰かが抜き取って隠しているんじゃ？」

何を言い出すのかと広瀬は驚いて、

「誰が、どうして、わざわざそんなことを？」

「動機ならありうるでしょう。広瀬くんが先生にかわいがられているのが気に入らなくて、足を引っ張りたいとか」

この教授と良好な関係を結んでいれば、卒業時にとある就職先を世話してもらえる——学生たちのあいだではそう信じられ、今のところ広瀬が有力と見なされている。

「つまり、この中の誰かが？」

「わたしも本気で言ってるわけじゃないのよ」寺川はわざとらしく譲歩して、「だけど、あくまで念のため、ここで順番に荷物を開けて中をみんなに見せるというのはどう？」

寺川はそんなことを言い、言うばかりでなく、「まずはわたしから」と自分のトートバッグを開けた。

几帳面な彼女らしく、荷物は小分けして整理され、一見したところ絵葉書などはどこにもない。もちろん紙だから、折り畳めば小さなポーチにも隠せてしまう——というのは誰しもわかっていたはずだが、ポーチの中まで見せろと言う者はいなかった。

安野は「寺川さんみたいに整理してないから」と自分のキャリーケースを開けるのを渋り、倉本もいい顔はしなかったが、しかたなさそうにボストンバッグのファスナーを開け、一同に向けて口をひろげた。すると、

「えっ？」

「倉本くん――」

「それって、まさか？」

雑多な品物のあいだから厚紙の端がのぞき、倉本が当惑ぎみに引っ張り出すと、まさしく例の絵葉書である。

おまえが盗んだのかと広瀬が詰めより、とんでもない、手を触れたおぼえもない、なぜここにあるのかわからないと倉本が応じる。

「だいいち、ロマンスカーの中では、おれは広瀬の向かい側にすわっていただろ？　広瀬のポケットから葉書を抜き取るなんてできるわけがないよ」

「その言い方」安野が眉をひそめ、「広瀬くんの隣にいたわたしがあやしいみたいじゃない」

「いや、別に、そんなことは」

「でも、言っておくけど」安野は美しい顔を一同に順番に向け、

「たしかにわたしが広瀬くんのポケットから葉書を盗もうと思えばできたかもしれない。でもそれを倉本くんのバッグに隠すなんて不可能ですからね。ロマンスカーに乗っているあいだ、

バッグは棚の上にあったんだから」

「そういうことね」寺川がうなずいて、

「バッグを棚に上げた時点で、広瀬くんはポケットの葉書を確認しているから、盗まれたのはそれよりあと。だけど棚の上のバッグに葉書をこっそり入れる——しかも四人が向かい合わせにすわっている中でなんて、どう考えても不可能よね」

「だったら、電車を降りたあとで入れたのかもしれない」広瀬が誰しも思いつくことを口にすると、

「いや、無理だよ」主張したのは倉本だ。「降りたあとはバッグを手から離さなかったからね。誰かがファスナーを開けたり、また閉めたりすれば、おれが気づかないはずがない」

「だいいち倉本くんは、ここへ来るあいだ、道案内のためにずっと一番前を歩いていたのよね」安野が指摘する。「誰かが彼のバッグにおかしなことをすれば、うしろにいるわたしたちの目にとまるはず」

「要するに、『倉本以外の誰かが、倉本のバッグに入れたはずがない』ということだろ」と広瀬。「だとしたら答えはひとつ、倉本自身が入れたってことになるじゃないか」

「そんなことはしてないよ」

「倉本くんはそんなことをする人じゃないと思う」

「そうよね、もしそうなら、さっきみたいにバッグを開けて中を見せたりするはずが——」

「でも、だったらどういうことになるわけ？　現に倉本のバッグに入ってたんだよ？」

各人勝手なことを言いあっていたが、しだいに論点が整理され、各人について（本人の主張はともかく）客観的にはこういうことになると合意が形成された。

その一　安野の場合

ロマンスカー乗車中に、隣にすわっている広瀬のポケットから葉書を抜き取ることができた。その場合は新宿駅にいるあいだ（ロマンスカーを降りてから、喫茶店に向かって歩き出すまで）に葉書を処理した（倉本のバッグに勝手に入れたか、彼に渡して依頼したかのどちらか）。

その二　寺川の場合

新宿駅にいるあいだに、広瀬のポケットから葉書を抜き取ることができた。その後の処理については安野と同じ。

その三　倉本の場合

盗む機会については寺川と同じ。その後は自分のバッグにしまうだけのこと。

その四　広瀬の場合

葉書はもともと手元にあり、処理に関しては安野、寺川と同じ。

こうして一覧すると、やはり「葉書がなくなったこと」に関しては、安野が一番やりやすかったと言わざるをえない（広瀬を別にすればだが、彼による狂言というのは、さすがにありそうにない話とみなされた）。

安野には一時間以上の時間があったのに、ほかの連中――寺川と倉本――には、新宿駅にいるあいだのわずか数分しかなかった。特に寺川の場合、その数分のあいだに葉書の処理まですませなければならず、さすがにきびしい印象がある。

いっぽう「葉書を倉本のバッグに入れること」に関しては、倉本自身にはたやすい話だが、ほかの連中にはそうはいかない。

彼のバッグはほぼ終始——ロマンスカーでは棚の上、喫茶店までの道では一同の先頭と、見えやすく手を出しにくい位置にあった。その中間の新宿駅にいるあいだはそうでもなかったが、その数分間についても、倉本が「自分がずっと持っていたのだから、勝手にファスナーを開けて入れられたとは思えない」と主張している。

こうした点を論理的に考えあわせれば、真相は二つの可能性のうちどちらかとなる。広瀬が実佳にそう語ったという。

倉本が新宿駅で絵葉書を盗み、それを自分のバッグにしまったという可能性。

または、ロマンスカーに乗っているあいだに安野が盗み、新宿駅で倉本に託した、または彼女が勝手に入れたが、倉本はそれに気づいて黙っていたという可能性。

最初のほうがすっきりした話だが、倉本が広瀬にあくどいまねをするとはちょっと思えない。彼の人柄からだけでなく、広瀬が実佳のいとこで、実佳が倉本の婚約者だからだ。

だとすると、倉本はみずから企んだというより巻きこまれたのではないか。安野が広瀬を陥れるため葉書を盗み、かつ倉本に押しつけ、倉本のほうはそれを受け入れた。つまり安野と倉本のあいだには何らかの了解があるのではないか——そんな疑いを捨てることができない。

ふだん軽薄な広瀬が、いつになく重苦しい調子で、実佳にそう語ったそうだ。婚約者の倉本のことだから実佳に告げておくという名目ながら、彼自身が気になってしかたがなく、口に出すことで気持ちの整理をつけたがっているかのように。

問題の絵葉書は教授のもとに返されたが、学生たちのあいだではその時のことが決着しないままわだかまり、触れてはいけない話題のようになっているのだという。

薄闇になかば沈んだテラスで、実佳が佐多に語ったのは、このようないきさつだった。

「安野さんというのは、わたしも写真で見たことがあるけど、本当にため息が出るくらいきれいな人なの」

実佳はそう語り、この事件において無視できない点はそこだろうと佐多は考える。そうでなければ、おそらく広瀬がそこまで重苦しい調子で実佳に話すことも、実佳がここまで思い悩むこともなかったにちがいない。

実佳に何かをしてあげることはできないだろうか、佐多はそう考えた。

もうずいぶん前のように思える、今年の春から初夏にかけて、彼は実佳のことが大好きだった。今でも悪い感情を持ってはいないし、こうして向かいあう彼女の顔も、声も、かつての自分の気持ちを心の奥から呼び出そうとする。

そんな彼女が胸を痛めているのを、自分がどうにかすることはできないか。そう思うばかりでなく、さっき聞いた仮説に、腑に落ちない部分があるのも事実だった。

倉本が犯人か、または犯人を知った上でかばっているかのどちらか。被害者の広瀬はそう言

っており、また誰の目にもそう見えるのはたしかだが、

「だけど」佐多は切り出す、「その倉本さんという人は、葉書の入ったバッグを自分から開けて、みんなに中を見せているんだよね」

「いとこが言うには、『開けたくないと言っても疑われてしまうから、腹をくくったんじゃないか』って」

「かもしれないけど、よくわからないのは、『誰かがこっそりバッグに入れたはずがない』っていう彼の主張だよ。そんなことを言えば当然、『だったらおまえが自分で入れたんだろう』と言われてしまう。

それから安野さんの言葉――『喫茶店に向かう時は倉本さんが先頭を歩いていたから、バッグに細工はできない』というやつ。これも、彼女自身が犯人だったらわざわざそんなことを言うのはおかしい。

犯人とか、それに協力した人とかは、なるべく話をあいまいにしようとするはずだよね。自分たち以外の誰にでも機会があった、いつでも、どんな形でも、それができたということにしておきたいから」

「そうかもしれない」実佳はうなずいて、

「でも、だとしたらどういうことなのか。別の真相を考えろと言われたら、何も出てこないのも事実なんだもの。

いとこも今度のことは気にしてて、わたしに話すより前にさんざん考えてる。わたしより頭

のいい彼が、それ以上のことを思いつかないんだし」

途方にくれたように肩をすくめる姿はいかにもかわいらしいが、少々頼りなくもうつる。今ひとつ、自分でどうにかしようという気概に欠ける気がするのだ。

それはともかく、「だとしたらどういうことなのか」はたしかになかなかむずかしい。何か根本的な見落とし、話全体の流れが変わってしまうような転換点がどこかにないだろうか——

「そうだ」佐多は大きな声を出す。

「何?」

「時間だよ。葉書が盗まれた時間。ロマンスカーに乗った直後にはちゃんとあるのを確認したというけど、ポケットの上から触っただけで、出してながめたりはしていないんだよね?」

だが実佳はことさら驚いたようすでもなく、あいかわらず沈んだ表情で、

「そのことなら、いとこも考えたの。その時ポケットに入っていたのは先生の絵葉書じゃなかった、絵葉書はもっと前に盗まれてて、犯人が代わりに別のものを入れておいたんじゃないか。そういうことでしょう?」

「そうだけど——」

「でも、だとしたら犯人は『代わりになるもの』を持ってなくちゃいけない。大きさとか形、厚さなんかが葉書に近いもの。感触もそう。ポケットの布地ごしに、葉書がそこにあると思いこむ程度には。

だけど、先生が葉書を持ってきたのも、それを部屋に忘れていったのも予想外の出来事でし

ょう？　それなのにそんな都合のいいものを持っているなんてまずありえない。これも、いとこがそう言うのよ」

「まあ、たしかに――」

「『たまたま自分も葉書を持っていた』なんていうのは、都合がよすぎるにもほどがあるし、細工をしてそれらしいものを作る暇もなかった。厚紙を鋏《はさみ》で切るとかね。宿の人が絵葉書を持ってきたのはチェックアウトの時で、そのあとは全員いっしょに行動していたからって」

「なるほど」

別の葉書、または葉書に似た大きさや形のものをあらかじめ持っていたとすれば、すり替えるのは手間というほどのことでもない。とはいえたしかに「たまたま持っていた」というのは好都合すぎるし、加工して作るのもこの場合は無理そうだ。宿を出たあとで調達するほかないことになるが――

「そうだ。土産物屋だよ」佐多はふたたび大きな声を出す。

「帰る途中、土産物屋に行ったんだよね。ああいうところではたいてい絵葉書を売ってるじゃない」

「でも」実佳は目を伏せ、あいかわらずの沈んだ声音で、

「絵葉書を買った人は誰もいないの」

「誰もいない？」

「ええ。いとこがそう言ってた。みんなでレジに並んだからまちがいないって」

どうやらその可能性もすでに検討ずみらしい。だとすればいったいどういうことになるのか。ロマンスカーに乗った直後、広瀬の上着のポケットにあったのはやはり教授の絵葉書で、盗まれたのはそれ以降だから一番可能性が高いのは安野、彼女が倉本に気づかれずに彼のバッグに入れることはできそうにないから、倉本が従犯ということに——

「ニャー」

テーブルの上にたれこめた重い空気をかきまわすように響いてきたのは、何とものどかな猫の声だった。

もちろん佐多の背後にいるはずのニャン氏の声だろう。けれども推理を披露する時のような複雑な抑揚《よくよう》に富んだ声ではなく、あくまで単純素朴、いわば「ただの猫」を装っているかのような鳴き声。

そういえばさっきの話のどこかに猫が出てきた、と佐多は思い出す。江の島にいた時の話だっけ？　いや、そうではない。もっとあとだったような気がする。だからといってどうということはないはずだが——

その時、実佳がほほえんだ。声につられたように顔を動かし、何かを見ると、それまで固く結んでいたくちびるをほころばせたのだ。

「俊英さんのうしろ」佐多の視線に気づいて、「さっきの猫」

「その猫がどうしたの？」

「今、煮干しを食べてる」

「煮干し？」

「そう。男の人から煮干しをもらって、おいしそうに食べてるわ」

佐多はふり返った。あまりに意外だったから。このような場所で、おそらく地べたで煮干しを食べるなど、気取り屋のニャン氏にはおよそ似つかわしくない行為という気がする。

というわけでうしろを見ると、数メートルをへだてた先のテーブルに、どこにいても違和感のある丸山の浅黒い顔とやせた姿があり、足元にはニャン氏がいる。こちらは一見普通の猫で、いかにもそれらしく背中を丸め、余念なさそうに煮干しをかじりつつ、ふと視線を上げると横目で佐多のほうを見た。

恩着せがましい目つき、あたかも『おまえのために身をやつして、こんなことをしてやっているんだニャ』などと言っているようなその目を見て、佐多の頭の中にひらめくものがあった。

「俊英さん、どうしたの？」

実佳が驚いたように言う。向き直った佐多の表情からただならぬ気配を感じとったのだ。

「猫は、煮干しだとか、そういうものが好きだよね」

「ええ――」

「新宿の裏通りを喫茶店に向かって歩いている時、野良猫がしつこくついてきた。そう言ったよね。それから、江の島の土産物屋で、誰も絵葉書は買わなかったけど『お菓子や海産物』を買ったって」

「たしかにそう」実佳はうなずいて、「だけど、本当に――」

「知ってるかな」佐多は彼女の言葉をさえぎり、

「土産物屋で売ってる海産物の中に、ちょうど葉書くらいの大きさと形、一枚の厚さも似たようなものがある。ぼくは静岡のお土産にもらったことがあるし、江の島でも売ってるはずだ」

「何のこと?」

「畳鰯《たたみいわし》だよ」佐多は実佳に言ってきかせる。ちょうど紙を漉《す》くのと同じような手順でイワシの稚魚を加工し、干して薄板状にした食品である。

「犯人は広瀬さんがポケットにしまっている教授の絵葉書を盗もうと思い立った。でもただ抜き取っただけじゃポケットが空《から》になるから、感触ですぐに気づかれてしまうかもしれない。犯人のほうにもいろんな都合があって、発覚までになるべく時間をかせぎたい。

何かダミーとなる品、それも絵葉書じゃないもの——あとになって『そういえばあいつ絵葉書を買ってたな』なんてことを言われないような、一見結びつかない品はないものかと土産物屋で探して、畳鰯を見つけたんだろう。

そしてまだ江の島にいるうちにそれを使った。広瀬さんのポケットから葉書を抜き取って代わりに畳鰯をしのばせ、葉書のほうは倉本さんのバッグに入れておいたんだ。

ロマンスカーでは棚の上、降りたあとは倉本さんが手から離さなかったというバッグだけど、江の島ではそうでもなかっただろう。アイスクリームを食べたり、砂浜で写真を撮ったりしているあいだに、荷物をそのへんに置くことが一度もなかったと思うほうがおかしい」

事件の真相と思われるいきさつが目の前に、もつれた糸のかたまりのような形で、どさりと投げ出されたみたいだった。それを引き出してほぐすように佐多は語りつづけ、実佳はくちびるをわずかに開いて聞き入っている。

「こうしてロマンスカーに乗りこみ」佐多はつづける、「安野さんが『絵葉書はちゃんとポケットにあるか』広瀬さんにたずねた時、犯人は気が気じゃなかったと思う。そこそこ厚みのある布地ごしなら、畳鰯独特の感触も気づかれずにすむだろうが、広瀬さんがポケットに手をつっこめば、『何だこれは?』ということになるからね。

でも彼がポケットを叩くだけだったので、『よかった』と心から言った。葉書がそこにあってよかったという意味じゃなく、すり替えがばれなくてよかった、そういう安堵の言葉だったんだ。

ロマンスカーを降りてからのことはわかるよね。新宿駅では何の細工も行われなかった——葉書を盗むのも、それを倉本さんのバッグに入れるのも、どちらもとっくに終わっていたから。残っているのは証拠隠滅だが、それはもう少しあとのほうがいい。

証拠隠滅というのは、もちろん、葉書が倉本さんのバッグから発見される直前までにダミーの品を処分しておくことだ。喫茶店までの道のどこかで、広瀬さんのポケットから畳鰯を抜き取ると、それを手の中で細かくくずし、自分の歩くうしろに捨てていったんだろう」

「それで、野良猫がしつこくあとをついてきたというわけ」

ずっと黙って聞いていた実佳が、感心するというより、なかば畏怖するように目を見開いてつぶやき、

「そう」佐多はつづけて、「猫の助けもあって、喫茶店に着いた時にはすり替えの証拠は跡形もなくなっている。

犯人はその状態で『広瀬くん、葉書はちゃんとある？』と、今度は自分が口にした。この時はポケットが空っぽだから騒ぎになると、『誰かが盗んで隠しているのかも』なんて言い出して、自分のバッグを開けてみんなに見せ、何も知らない倉本さんに、葉書の入ったバッグを開けさせることに成功した」

「つまり、犯人は寺川さんということ」

ひさしぶりに話題にのぼる名前を、なかば夢を見ているように、実佳がゆっくり口にした。

「でも、もしそうなら、動機は？　やっぱりいとこの評判を落とそうとして？」

「それなら葉書を盗めばいいだけの話で、途中で捨ててもかまわない。倉本さんのバッグに入れる必要も、ダミーの品を用意する必要もないよね」

「ああ、そういえばそうね――」

「それなのに凝ったまねをしたとしたら、彼女は広瀬さんに、現に彼がそう思っているようなことを思わせたかった。それが動機なんじゃないかな。

安野さんが広瀬さんの評判を落とすために葉書を盗み、それに倉本さんが協力した。つまり、安野さんは広瀬さんをよく思っておらず、かつ倉本さんとのあいだに何かあると」

「そんなふうに思わせたかったということは――」

「寺川さんは、広瀬さんのことを好きなんじゃないかな。広瀬さんというのは二枚目で、かっこいい人なんじゃないの？」佐多はうすうす思っていたことを口にした。「女性教授のお気に入りだというし、実佳のいとこなんだし」

「最後のは関係ないでしょうけど」実佳はつつましく前置きして、「たしかに、見た目はかなりいいほうだと思う」

「寺川さんはそんな広瀬さんが好きで、でも広瀬さんは安野さんを好き。寺川さんはそれに気づいていたから、この葉書の件を利用して、広瀬さんが安野さんに失望するようなストーリーをつくりあげようとした。たぶんそういうことじゃないだろうか。

安野さんの気持ちはわからない。すごくきれいな女の人というのは、自分から他人を好きになったりしなさそうに見えることもある——とはいっても、もちろん、そう見えるだけかもしれないしね」

佐多は以前コマーシャルの撮影で見かけた、モデルの村瀬ミナのことを思い出しながら言う。

「倉本さんは自分のバッグに葉書が入っていたことについて何も説明できないばかりか、むしろ自分が疑われるようなことを言っているけど、それは彼が何かを隠しているからじゃなく、むしろ何も知らないからこそ取れる態度なんだと思う。

倉本さんは葉書を盗んでもいないし、盗んだ人をかばってもいない。そして彼が誰のことを好きかは、わざわざ言う必要もないよね。結婚の約束までしている、とびきりかわいい彼女がいるんだから」

これを聞いて、実佳の顔が輝いた。さっきまで夕闇になかば溶けこんで見えたのが、ランプに灯《ひ》がともるように文字通り輝いたのだ。

「俊英さん、本当にありがとう」

ほほえみだけでできているような実佳が、佐多に向かってそんな言葉を口にする。

「ありがとう」くり返し、時計をちらっと見て、

「もうこんな時間。そろそろ行かないと。その前にひとつだけ、俊英さんに言いたいことがあるの」

「えっ?」

「前には言えなかった——嘘だと思われるのがいやで、言いたくても言えなかったこと。お祖《じ》父《い》様のことをわたしがどうして知っているのか。俊英さんにそう訊かれて、『調べた』と言ったでしょう」

「ああ——」

「あれは、わたしの親のしたことなの。両親が勝手に調べたのよ。わたしが俊英さんとつきあいはじめてから」

実佳の言葉に、佐多は言葉を返すことができない。

「そんなことを知らない時から、やさしい人だと思ってた。図書館の前で傘を貸してくれた、あの時から」

まっすぐに佐多の目を見ながら、実佳はそう言い切ると、

「それじゃ、今日は本当にありがとう」席を立ち、「また今度、大学でね」

きびすを返すと足早に店の出口へ向かい、そこを出ると小走りになった。

佐多のほうは立ち上がることもできずに、テラスの椅子にだらしなくもたれ、今聞いた実佳の言葉について考えていた。

あれは本当だろうか？　実佳は祖父のことを知った上で近づいてきたのではなく、つきあいはじめたころは何も知らなかった？　あの雨の日の出会いは本当に偶然だったのだろうか。もしそうなら、たしかに佐多は実佳を傷つけたことになるし、佐多自身もとてつもなく大きなものを失ったのかもしれない――

そう考えるいっぽうで、さっき実佳と話していたあいだに、いくぶん頼りなさを感じたことも思い出した。

恋人が汚名を着せられている時に（というと大げさだが）、自分が助けよう、彼のために道を切り開こうといった気概に欠ける気がする。

赤の他人の佐多が知恵をしぼっているのに、彼女自身が力を貸そうという態度が今ひとつないのだ。そのことを残念に思うとともに、別の女の子のことを思い出した。

アルバイト先の女主人が親戚の死をめぐるいきさつで心を痛めているのを知り、「みんなで彼女のために謎を解こう」と提案した、メイド姿の女の子。姓はたしか来栖といった。下の名前も知らないし、たぶん二度と会うこともないだろう――

そんな思いをめぐらしていた彼の耳に、

「失礼ですが、ごいっしょしてもよろしいでしょうか」

丁寧とも慇懃無礼《いんぎんぶれい》とも聞こえる低い声がとびこんできた。見れば猫の実業家「ニャン氏」の秘書兼運転手の丸山が、黒いスーツを夕闇になかば溶けこませてたたずんでいる。足元にはもちろん小さな雇い主の、白い足先を石畳に載せた姿もある。

「ああ――」

断る気力もない佐多があいまいな声を出すと、ひとりと一匹はそれを承諾ととったらしい。まあ何事も自分の都合のいいように解釈するのが猫という種族の特徴で、丸山という男も雇い主のやり方が身についているのだろう。

ともかく彼らは向かい側にまわり、丸山は椅子に、ニャン氏はその足元に、それぞれ腰を落ち着けた。ニャン氏はいつもの尊大な表情、丸山のほうはこれまでといくぶんちがう値踏みするような顔で、ひとしきり佐多の顔を見ていたが、

「僭越《せんえつ》ながら」やがて丸山が沈黙を破り、「ただいまは、たいへんお見事でした」

「えっ？　何の話でしょう？」

「ここにすわっておられたお嬢様へのお話しぶりのことです。問題解決と申しましょうか、謎解きと申しますか」

「いえ、そんな。ほめてもらうほどのことでは」佐多はそう言ってから思い出し、

「そういえば、あの煮干しの件はヒントだったんですよね？　だとしたら感謝します」

「どういたしまして。あれしきのことで真相にたどりつけたのは、やはり佐多俊英様のお力でしょう」

佐多はぎくりとする。どうして自分のフルネームを知っているのか。

警戒しかけて気づく。これまでの何度もの遭遇で、佐多の苗字は聞き知っているはず。そして今日、実佳は彼を「俊英さん」と呼んでいたのだから、両方をつなげただけの話だ。

「ニャーニャニャ、ニャニャーニャニャ、ニャーニャー？」

複雑な抑揚のある鳴き声が響く。石畳の上に腰をおろしたニャン氏が、立てた尻尾をわずかに振りながら、ペパーミントグリーンの目で佐多の目をのぞきこむように見上げている。

「何だか元気がないようだけど、どうしたニャ？」

そんなニャン氏の言葉をいつものごとく丸山が通訳し、

「さっきまでの話を聞いてたんなら、わかるでしょう」佐多が投げやりに応じる。「もう一度失恋したようなものなんですよ」

「ニャーニャ？」

「たったそれだけかニャ？」

佐多はやや憮然《ぶぜん》として、薄闇の中に光るグリーンの目をまじまじと見つめる。

「ニャンニャーニャニャニャ、ニャニャニャーニャーニャ」

ニャン氏は上半分が黒、下が白の丸顔のあごを上げて、涼しげに言い放ち、

「人間はそういうものと聞いてはいるけど」丸山がすかさず、「かえすがえすも不便なものだニャ」

それはたしかに、猫からすれば――「恋の季節」なるものがはっきりとあって、そこでのな

りゆきも単純明快、それ以外の季節には異性の存在に悩むことも、心躍らせることもどうやらないらしい連中からすれば、そう言いたくもなることだろう。

しかし——と、視線を上げてテーブルの向こうの丸山の顔に向ける。こちらは人間なのだからと、多少の共感の色を探したのだが、まったくの期待はずれだった。猫のもとで働いて長いせいか、あるいは、丸山というのがもともとそういう人間なのか。

「ニャンニャニャニャーニャ、ニャニャンニャニャンニャーニャ、ニャニャニャニャニャ、ニャニャンニャニャ」

「愚かと呼ぶのはたやすいことだニャ」と丸山。「でもその愚かさはきみだけのものじゃなく、恋愛沙汰というのは、今日聞いたようなつまらない話にかぎらず、あらゆる犯罪の背景をなすことがあるようだニャ」

「ニャーニャーニャニャニャ、ニャニャニャニャニャーニャニャニャニャニャニャ」

「猫にとっては得意としない部分だニャ。またその他いろいろ、人間の関心事というのはどうも多岐にわたりすぎて爪の立たないきらいがあるニャ」

「じゃあ猫の関心事っていうのはどんなものですか」

佐多がたずねてみる。だいたい答えはわかるような気がしたが、

「ニャーニャ、ニャニャンニャ、ニャーニャニャニャニャーニャーニャニャ」

「おいしい食べ物、快適な寝場所。そしてそれらを可能にするための利潤の追求だニャ」

丸山はただちに通訳してから、

「以上のことはわたくしどもの財団の基本的な姿勢ですが、もちろんニャン様個猫《こびょう》のではなく、理念を同じくする方々の快適のために、幅広くさまざまな活動をしてゆくという意味です」

雇い主のそれよりは如才《じょさい》なく聞こえる、彼自身の言葉をつけ加えた。

「その理念とは、いったいどういうものなんですか？」

「みずからの幸福と快適を最大限に追求しつつ、その過程における他者の幸福と快適の侵害を最小限にとどめる。以上です」

この理念なるもののシンプルさ、一種のいさぎよさに、佐多はいくぶん心を動かされた。そんな彼の表情をペパーミントグリーンの瞳はつぶさに追いかけていたようで、

「ニャーニャニャ」まっすぐに佐多の目をのぞきこみ、「ニャニャニャ、ニャニャニャニャニャーニャンニャニャーニャニャーニャニャ？」

「ちょっと待ってください」

佐多はあわてててのひらを前に向ける。

「いきなりそんなことを言われても――」

彼が言葉を切ると、一瞬不自然な沈黙があり、

「それでは」丸山がそれを破って、「おわかりになったのですね。ただ今のニャン様のお言葉が」

「えっ？」

佐多はうろたえる。そういえば、丸山は今のせりふを通訳していない――

「佐多様もわたくしどもの財団に勤務されてはどうか。ニャン様はたしかにそう勧誘なさいましたが、その言葉がおわかりになったのでしょう?」

「いや、そんなはずは」佐多は首を振って、「ただ雰囲気で何となく、もしかしたらそういうことかと――」

「ニャニャーニャ、ニャーニャーニャニャニャニャニャ」

「やっぱり、見こんだ通りだったニャ。きみには適性があるニャ」

「適性?」

「事件を解決する力もおありだし、ニャン様の言葉もおわかりになる。どちらもまだ初歩の段階とはいえ、訓練次第で目ざましく上達されることでしょう。これ以上の方というのは、いくら探しても、そうそう見つかるものではありません」

「いや、誤解です」佐多は必死に、「だいいち、どういうことですか。いったいぼくに何をさせようというんですか」

「わたくしどもの基本理念は先ほど申し上げた通りですが」丸山はまじめな顔で、

「ニャン様が活動の下調べなどで広く世間を歩く――多くの場合おしのびで、ただの猫然としてそこここに肉球を踏みいれる時、どういうわけか『事件』に出合ってしまうのも事実なのです。宿命と申しましょうか、もしくはニャン様の体質のようなものでしょうか。

そしてそのような場合、しばしば関係者が意見を求めてくる。『ただの猫』と思っているはずのニャン様にです。つまり世人の目も一見そうと思えるほどには曇っておらず、本能的にニヤン様の知性を悟るのでしょう。そうなればニャン様のほうも」

「ニャンニャニャニャーニャ、ニャニャニャニャニャンニャニャ」

「汝《なんじ》、缶詰を開けるなら、我それを食さん、ということだニャ」丸山は通訳するが、猫の世界にそういうことわざがあるのか、それともニャン氏が適当に思いついたことを言っているのか。

「そして『事件』とは」丸山はつづけて、「先ほどニャン様がおっしゃったような人間独特の感情、欲求などが引き起こすものであってみれば、関係者はいうまでもなく人間、ニャン様がそれを解決する際には通訳が必要です。むろんのこと、ニャン様の言葉を理解するだけでなく、事件についての察しもよくなければつとまるものではありません」

「そんな通訳なら、間に合っているじゃありませんか」佐多が言う。「現にそうして、丸山さんが」

「わたしも年をとりました」丸山はいつも以上に低い声で、「見た目よりずっと、はるかに年をとっているのです。

そして佐多様のほうも、差し出がましいようですが、将来についてお悩みのご様子。わたくしどもでは『大学を卒業しないと』などとまどろっこしいことは申しませんから、いつ来ていただいても結構なのです」

コーヒーショップの建物からは明かりが漏れ、さざめきがかすかに伝わってくるが、暗さを増したテラスの人影はまばらになっている。その薄闇の中から、丸山が黒い目で、ニャン氏がペパーミントグリーンの目で、それぞれじっと佐多の顔を見つめる。

どうやら丸山はそろそろ引退を考えており、佐多を後任にしたいというのが彼の、ひいてはニャン氏の希望であるらしい。佐多にはその適性があるというのだが——

「もちろん、今すぐにお返事をいただけるとは思っておりません」

丸山はそう言うと、言葉ほど年をとっているとはとても思えない、ばねのきいた動作で立ち上がり、彼の雇い主もほかの種族にはちょっとまねのできない優雅さで石畳の上に四肢を伸ばしている。

「またいつか、お目にかかる日もあることでしょう。その時にお気持ちを聞かせていただければと思います」

丸山は一礼し、ニャン氏のほうは尻尾を揺らしてきびすを返すと、宵闇《よいやみ》の中に消えていったのだった。

真鱒の日

「シャーロック・ホームズが、お昼を食べようとレストランに入ると」

ラジオから男の声が流れてくる。聞きおぼえのある、たしか若手落語家の声だ。

「メニューに『本日の魚料理』と書いてあるんですよ」

「ああ、ありますね、そういうの」

もうひとりの男、こちらはアナウンサーらしい声があいづちを打つ。

「ウェイターを呼んで『これは何の魚だね?』たずねると、『スケソウダラでございます』」

「ええ、それで――」

「『いつもそうなのかね?』とホームズ、するとウェイターが『いいえ、真鱈《まだら》の日も――』」

助手席の佐多が、思わずくすりと笑うと、

「今のはどこが面白いの?」

ハンドルを握る岡崎がたずねてくる。どうやらオチがわからなかったらしい。

「シャーロック・ホームズものの短編で、『まだらの紐』というのがあるんですよ」

「なんだそりゃ、変なタイトルだな」横道から出てこようとした車にクラクションを鳴らし、

「どういう意味?」

「うーん、くわしく話すとネタバレになっちゃいますからね。いわゆる密室、外から入れない

はずの部屋にいる人をどうやって殺したかという話なんですけど――」

「ミス・マープルの友達が」と落語家、「『マープルさん、あなたの通う教室では、いろんな謎の話をするんですって?』すると『おやまあ、教室じゃありませんよ。わたしの通う――』」

交差点にさしかかって車を停めた岡崎が、太い指でラジオのスイッチを切る。少し機嫌が悪いのかもしれない。

「謎、か」

つぶやいてウィンドウ越しに視線を上げる。このあたりは一戸建ての家が多く、東京にしては比較的広い空に、いわし雲がひろがっていた。

「この前の合コン、残念な結果だったんですか」佐多がついそうたずねると、

「何だよ? どうしてそんなこと言うんだよ?」岡崎がびっくりして、「そんな――本当のことを」

「だって、謎か、なんてつぶやいて、そんなに思わせぶりに空を見上げるんですから。『女心と秋の空』っていう言葉を思い出したんでしょう?」

「佐多くん、すっかり名探偵だねえ」気にさわったのと感心したのが半々という口調で、「例の先生の影響かね。ほら、あの猫の」

「そこまでの話じゃないですよ」

車の発進にまぎらせて、佐多は話を終わらせようとする。以前から「佐多くんはあの猫につきまとわれてるんじゃないの」などと言っていた岡崎には、つい一週間ほど前――岡崎が合コ

ンに向かったあと――新たな遭遇があったことは隠しておきたかった。

ましてて、その猫が事実佐多に目をつけていて、「うちの財団で働かないかニャ」と勧誘してきたなどとは。

佐多としては、もちろん、勧誘に応じるつもりはない。

猫の率いる財団に勤務し、「おいしい食べ物と快適な寝場所」のために利潤を追求しつつ、合間になぜか遭遇する事件を解決に導く――そんな現実離れした暮らしを日常とするつもりなど。

といっても、そうした暮らしに、まったく魅力をおぼえないわけでもなかった。何しろ、現実離れしているということは、めったにお目にかかれないということであり、それだけ胸躍るということでもある。

大学は休学中、彼女にはふられ、「やりたいこと」も「できること」もはっきりしない。そんな自分に起こりうる将来とくらべたら、輝いて見える時すらあった。

級友やもと恋人の実佳が想像しているらしい佐多の将来、「祖父の会社に入って一生安泰《あんたい》」というのにくらべてさえも。そして実際のところ、祖父と自分の間柄はやや複雑なものがあって、そうそう彼らが想像するようなわけには――

助手席の窓を過ぎてゆく景色をながめながら、そんなことをぼんやり考えていた佐多に向かい、

「女の子といえば」岡崎が話を戻す。「佐多くんのほうはどう？　こないだ偶然会ったもと彼

女とは、何か進展が？」

「そんなものあるわけないでしょう。『もと彼女』なんだから。それに向こうは別の人と婚約まで――」

「それにしても、かわいい子だったねえ」岡崎は無神経にさえぎり、

「何だかんだいって、佐多くんは美人と縁があるよね。いつかのコマーシャルの撮影で、村瀬ミナの相手役にと言われたり」

「それは監督が冗談を言っただけで、百パーセントありえない――」

「いつだっけ、猫目院とかいう家に行った時には」岡崎がまたもさえぎって、「ふるいつきたいようないい女がいたし、その前にもかわいいメイドさんが出てきたことがあったよね。何ていう子だったかな。名前は忘れたけど」

そんなことを言う岡崎だが、あの直後にはしつこいほどおぼえていたのだ。配送センターで「佐多くんはこないだの来栖さんみたいな子が好みなの？　メイド服がよく似合う」などと大声で言われ、周囲から失笑されて閉口したことがある。

「まあ、そんなことより」岡崎はウィンカーを出しながら、

「腑に落ちないのは、今日の仕事内容だな。せいぜいいつもの半分ちょっと。これだけで終わりにしろっていうんだから」

「珍しいことがあるものですよね」と佐多。何しろ、まだ日も高いのに、次の配達先で仕事は終わりだというのだ。

少ない配達件数も、ルートの指定——その家を最後にするようにというのも、会社から岡崎への指示だという。そしてもうひとつ、

「必ず佐多くんと回るように、と念を押されたんだよね」

「それ、朝にも言ってたけど、本当ですか？」

「そう。それが腑に落ちない。こう言っちゃなんだけど、ドライバーとしておれを指名するだけなら『お目が高い』ですむ話なんだけどな。

だけど何なんだろうね、助手が佐多くんでなくちゃいけないというのは。前におれが佐多くんを指名したことがあるから、ただならぬ仲だと思われてるのかな？」

「うーん、岡崎さんのことは尊敬してますが、正直そこまで言われたくはないかな——」

などと言い合ううちに、車は目的の家に着く。

高級住宅街の中では目立たず地味なほうだが、普通の基準からすればやはり高級な住宅で、「池上《いけがみ》」と表札が出ている。

岡崎と佐多が配達に来るよう、この家の住人が指定した——ともとれるいきさつだが、伝票にあるフルネームを見ても、二人のどちらにも心当たりはない。

ともかく大型液晶テレビの箱を下ろし、玄関のインターホンを押す。やがて扉が開いた時、佐多は心底びっくりした。向こうにいたのがついさっき話題にのぼった来栖だったからだ。服装もあの時と同じようなメイド姿、黒っぽいワンピースに白いエプロンとヘッドピースをつけている。

「あら」

どうやら彼女のほうもこちらをおぼえていたらしく、

「岡崎さんと佐多さん――ですよね。すごい偶然」目を丸くして、「お待ちしていました。こちらへどうぞ」

幅のある段ボール箱の一方の端を持って、うしろ向きに廊下を歩きながら、佐多はいくぶん気が気でなかった。

来栖は偶然と言うが、そんなことはあるはずがない。佐多が彼女とここで再会するよう、誰かがわざわざ仕組んだのだ。そしてその誰かとはたぶん――

けれども広々とした居間にたどりつき、箱を置いて顔を上げると、佐多は予想がはずれたのを知った。

窓際の角に、灰色のツイードのジャケットを着た小柄な老人がいる。足腰はしゃんとして元気そうだが頭は真白、鑿《のみ》で削ったような顔立ちは写真だと――特に新聞紙面などでは――いかにも酷薄そうに見え、実物は写真ほどではないものの、佐多も実物と会ったことは数えるくらいしかない。

「俊英」

その人物が持ち前の、低いわりによく響く声で佐多の名前を口にした。

「ひさしぶりだな。前に会った時は中学生くらいだったか」

「あれ」岡崎が二人の顔を見比べて、

「こちら、もしかすると大道寺修さん？　ちょっと前にもテレビで――佐多くんは知り合いなの？」

「孫がいつも世話になっているようですな」

「えっ！」

「まあ、二人ともすわって。その箱は部屋の隅にでも置いておけばいい」

そう言いながらソファに腰をおろし、二人にも向かいのソファを手ですすめる。岡崎が佐多の顔を見、佐多がうなずいて、二人は言われた通りにした。

やがてコーヒーを運んできた来栖が去っていくと、

「今日は仕事の邪魔をしてしまい、まことに申しわけない」祖父が岡崎のほうを向いてそんなことを言う。

「ここはわたしの弁護士の家で、事情を話して使わせてもらったのです。俊英と折り入って話したかったのだが、会社やわたしの家に呼び出したのでは来てくれそうにないのでね」

「どうして？　何かまずいことでもあるんですか？」

岡崎がいつものずけずけした物言いでたずねるが、祖父は特に気を悪くした様子もなく、

「これの両親、つまりわたしの娘とその夫ですが、わたしに対していろいろと思うところがあるようで」含みを持たせる言い方をした。

「だが、わたしとしては俊英に期待をかけている。孫はほかにもおりますが、秀才すぎて会社経営に向かない者もいれば、逆に能力が低すぎたり、性格的にどうしようもない者もいる。

その中で、俊英はバランスがとれている——のではないかという期待があり、今日こんなふうに呼び出した次第です。大学を休学して配送などの仕事をしていると聞き、ならばその仕事ぶりを見たいという気持ちもありました」

「だったら、こんなふうにすわってないで、テレビの設置までやりましょうか?」岡崎がなかば立ち上がりかけて、「佐多くんもうまいものですよ。特に空き箱の畳み方なんか」

「いや、それには及びません」祖父は手を振り、「先ほどその、ばかばかしく大きな箱を二人で運んできたようすから、だいたいのことはわかります。

あなたはれっきとしたプロで、そのあなたが俊英に前側を持たせ、うしろ向きに歩かせている——信頼して任せてくれているところを見れば。それに二人の雰囲気。まったくタイプのちがうあなたのような人と、うまくやっているらしいところも」

「そりゃまあ、おれは肉体派で、庶民の代表選手みたいなものですから」

岡崎のほうも祖父の言葉に気を悪くした様子はない。もしかしたらこの二人は結構うまが合うのかも——はらはらしながら聞いていた佐多はそんなことを思う。

「そういうわけで、わたしとしては俊英にうちの会社に来てほしい」佐多ではなく岡崎の顔を見ながら、祖父はそう言い切った。「そう考えております。もちろん、来年春から大学に戻り、きちんと卒業した上で」

「そりゃあ結構な話じゃないの。なあ、佐多くん?」

岡崎はかたわらの佐多の表情を見て、

「結構な話、というわけにはいかないの？」

「両親の意向も考えないと、ということかな？」祖父が佐多の目をまっすぐに見てたずね、

「いえ、父も母も、反対したりはしないでしょう」佐多が応じる。「ぼくがそうしたいならそれもいい、そう言ってくれるでしょうが――」

「要は、俊英自身の気持ちということか」

笑みを浮かべると、頬の両側のしわが深くなり、かえって悪魔っぽく見えてしまう。そんな祖父が、

「実をいうと、それを見越して、交換条件を用意してある」

「交換条件？」

祖父はソファから腰を浮かすと、部屋の入口のほうを見やり、

「ほかでもない、彼女のことだ」声を落として、「メイドのアルバイトをしている来栖亜紗子《あさこ》」

はじめて彼女のフルネームを聞いたが、まさかこんなふうに祖父の口から聞くとは思いもよらなかった。

「あの子は美大生で、まだ二年だが、はっきりした夢と将来の展望を持っている。美術教師の職について生活を支えつつ、自分の芸術を追い求めると。だがそのためには美大を卒業せねばならず、これには普通の大学より少々余分に学費がかかる。

ところが彼女の親元に事情があって、その支払いがむずかしくなっているらしい。本人もアルバイトを増やしているものの、大学の課題がおろそかになってしまうから、おのずと限度が

ある。

そこで言いたいのは、わたしには彼女を助けてやることができる。将来につながる学費を援助してあげられる――ということだよ」

もちろん、祖父にとっては、そんなのは何でもないことだろう。

「それが交換条件ですか」と佐多。「ぼくがお祖父《じい》さんの要求を呑めば、彼女に援助をすると」

「もちろん、そういった条件のことは、本人にまったく告げずに」祖父は請け合う。「表面上は、この家の主人の池上――彼女からすれば雇い主が、義俠心《ぎきょうしん》から援助するという形にして」

祖父はどうやら、岡崎の勤める運送会社に何らかのコネがあるらしい。大道寺修ともなれば、どこにどんなコネがあっても驚きはしないのだが。

若い男を動かすには好意を寄せる女が鍵になる。そう見こんで情報を収集、かつて岡崎が言いふらした言葉から「メイドのアルバイトをしている来栖という娘」がそれにあたると踏んで、彼女のことを調べ出したのにちがいない。その前に大学周辺で聞きこみをして、立花実佳とのいきさつを聞き及んでいる可能性は高いが、そちらはもう過去のことと判断したのだろう。

そこで来栖が自分の弁護士の家で働くようにしむけ、さらに今日ここで佐多が彼女と対面、ひきつづき祖父の勧誘を受けるように仕組んだということらしい。

それにしても、と佐多は考える。平凡な自分が、ここ一週間ほどのあいだに、たてつづけに常ならぬ相手から就職の勧誘を受けている。

祖父からのそれに関しては「どうしてよりにもよって自分に?」という驚きはないが、つくづく不思議ななりゆきと思わずにいられない――

などと考えていると、居間の一隅で電話のベルが鳴った。来栖が入ってきて応答し、受話器を白いエプロンの胸に当てて、

「大道寺様にお電話です。秘書の田中《たなか》さんから」

「ここ以外で取ることはできるかね？」

「二階の書斎のほうでお話しになれます」

祖父はうなずくと、居間を出て階段を上ってゆき、来栖も佐多たちに会釈《えしやく》して出ていった。

佐多は岡崎のほうを向き、祖父と両親とのいきさつを手短に説明しておくことにする。

「大道寺修はぼくの母の父ですけど、今から二十何年か前、ある小さな会社を倒産に追いこんでいるんです。そこの社長は心労もあって病気になり、そのまま死んでしまい、事情を知る人のあいだでは大道寺修が殺したようなものだと言われました。

その社長の息子と以前から交際していて、結婚したのがうちの母です。つまり、ぼくからすれば、父方の祖父を母方の祖父が追いこんで死なせたということになるんです」

「そりゃまあ」岡崎は目を丸くして、「いろいろと大変な話だね」

「もちろん本当に殺したわけじゃないし、ビジネスの世界のことだから、父にしてもあの祖父を親の仇《かたき》と思ったりはしていません。それでもしこりが残るのは当然ですから――」

「だから佐多くんとあの人も、普通のお祖父ちゃんと孫という感じじゃないんだね。めったに会わないし、あんな立派な会社に来い、ゆくゆくは経営陣になんて言われても『そうですね』

とはいかないってことか」

「そもそも、ぼくはそんな柄じゃないし」と佐多。両親と祖父の軋轢《あつれき》だけでなく、彼にとってはそのことも大きかった。

「祖父の会社になんか入って、会長の孫だからといって、能力もないのに抜擢《ばってき》されたりなんかしたら。まわりの人が内心うんざりしながらぼくにおべっかを使うとか、考えただけで気の毒だし、ぼく自身だっていやですよ」

「そう言うけど、能力があるかどうかは、やってみないとわからないよ」と岡崎。「それにお祖父さんの言う『交換条件』のこともあるし」

「それ、無茶苦茶な話ですよね。来栖さんはぼくの彼女でも何でもないのに」

「だけど」と岡崎、「気になる子だよね」

そう、気になる。そんな相手の将来について、本人の知らぬ間《ま》に自分が鍵を握っているというのが、おこがましいような恐ろしいような気分。

その来栖があいかわらずの、つつましく可憐なメイド姿で居間に入ってきて、

「よろしければ、コーヒーのお代わりをお持ちしましょうか？」

「いえ、結構です」などと応じながら、佐多としては何とも落ち着かない。

ほどなく階段を下りてくる足音が聞こえ、祖父が大股に居間に入ってくると、

「ばかばかしい」吐き捨てるように、「これからここへ警察が来るというんだよ」

「えっ？　何があったんですか？」

「わたしも知ってるある人物が、おととい亡くなっている。事故死という話だったが、その件について事情を聞きたいと——」

「大道寺さんが疑われてるってことですか?」岡崎がすかさずたずね、

「あなたの率直な話しぶりは称賛に値するが」と祖父、「まさか連中も本気でそんなことを考えてはいないはずだ。とはいうものの——」

「とはいうものの?」

「あのばあさんが誰かに殺された可能性があるとなれば、一応の手続きとして、わたしから事情を聞かないわけにはいかんだろう」祖父は渋い顔でそんなことを言う。

「わたしが警察でもそうするだろう。何しろろくでもない女で、『死んだほうが世の中のため』と思っていた人は数多いはずだが、公然と口にしたのはわたしくらいだったかもしれん。『何ならわたしが行動を起こしてもいい』とも、一度くらいは言ったおぼえがあるし」

どうしてそんなことをわざわざ言うのか。日ごろ疎遠とはいえ血のつながった身として、佐多は信じられない気持ちである。

「とはいうものの」祖父はさっきも言った言葉をくり返して、

「わたしを犯人にしておけばすっきり片がつく、という話でもなさそうだ。何やら謎めいた状況のようなんだね。誰にもその女を殺せたはずはない、けれどもどうやら殺されたらしい、そんなふうな。

ともかく、ちょうど弁護士の家にいることだから、池上にも帰ってきてもらった上で——可能なかぎり情報を仕入れてきてもらい、それを聞いて準備した上で、ここで警察を待つことになった」

「そうですか。じゃ、ぼくたちはそろそろ――」

ある意味解放されたような気分で、佐多が腰を浮かしかけると、

「ちょっと待って」岡崎が彼の肩に手を載せ、すごい力で押し戻した。

「あの、大道寺さん、さしつかえなければぼくらも残って、いっしょに弁護士さんの話を聞くというのはどうでしょう」肉体派のドライバーは思わぬことを言う。「佐多くんは身内だし、それに――」

「それに?」

「さっき『謎めいた状況』とおっしゃったでしょう。佐多くんはこう見えて、そういうのがわりと得意なんですよ」

「得意とは?」祖父は眉を上げて、「この孫に、名探偵のようなところがあるとでも?」

「そう、それです。名探偵とはいわずとも、その見習いみたいな。門前の小僧というか」

「ちょっと」佐多が岡崎の袖を引っ張り、「岡崎さん、それはちょっと」

「チャンスじゃないか」岡崎がささやく。「うまくやれば、例の『交換条件』をチャラにできるかもしれない」

ここで恩を売っておけば、佐多が祖父の会社に入社するという縛りなしに、来栖の学費を援助してもらえるかも――岡崎の言うのはどうやらそういうことらしい。

たしかにそうかもしれない。もしそんなことができれば。自分ひとりでできるとはとても思えないのだが——

「俊英、本当かね？　謎めいた事件は得意だと？」

「得意とは言いませんが」佐多は思いきって、「少し——ほんの少しだけ、そういうのに触れた経験があります」

「ほほう」

「ぼくだけじゃなく」ためらってから、「そこにいる彼女、来栖さんも」

かたかたという音。茶碗を下げようとしていた来栖が戸口のところで立ちどまり、驚いた顔でふり返る。

「ぼくは来栖さんと一度だけ会ったことがありますが」そんな彼女の顔を横目に、佐多は祖父に向かって訴えた。

「その時も不思議な事件の話——彼女の雇い主が抱えていた謎みたいなものがあって、彼女もいっしょに考えたんですよ。ただし解決したのは彼女でもぼくでもありませんが、二人ともそれなりに頑張りました。

だから今度も、ぼくひとりではおぼつかないけれど、彼女の力を借りればもしかしたら」

祖父は来栖を見つめ、来栖は佐多を見つめている。『本気ですか？』とでも言うみたいに。

その時、玄関のチャイムが鳴った。来栖がややほっとしたようにその場を離れ、

「警察かな」祖父がつぶやく。「だとしたら約束よりずいぶん早いが、池上が帰ってきたのな

ら、呼び鈴《りん》なんか鳴らすはずがないし」

だが戻ってきた来栖によると、やってきたのはそのどちらでもなかった。

「大道寺様にお客様です。オーストラリアへの投資の件で、先月お目にかかったと——」

「ああ、あいつか。今は取り込み中だからまたにしてもらって」祖父は言いかけて言葉を切り、

「しかし、どうしてまた、わたしが今日ここにいることを知っているんだろう？」

「あの、まことに差し出がましいようで恐縮ですが」

首をひねっている祖父に向かい、来栖がおそるおそるという感じで口にする。

「今玄関にいらっしゃる方には、わたしもお会いしたことがあります。さっき佐多さんがおっしゃった、わたしの雇い主が抱えていた謎——それを解決したのがその方なのです」

「本当かね？　あの何といったっけ、丸山という男が？」

「そうです、というか」来栖はためらいがちにうなずいて、「丸山さんのお連れの方がというか」

岡崎が『聞いたか？』というような顔で佐多をふり返る。その目は驚きで輝いているが、佐多の胸にはもはや驚きはない——それと似たものがないことはないけれど。人が宿命に出会う時のような、一種の諦念《ていねん》をともなう感情。

「それで、あの、本当に差し出がましいのですが——」

「入ってもらおう」祖父はうなずく。「そんな才能の持ち主で、来栖さんとも俊英とも面識があるとなれば、帰す手はない。何かの導きかもしれん」

こうして、祖父の弁護士の邸宅で、佐多はまたしても例のひと組と顔を合わせることになったのだ。

そんなわけで、ややあって帰宅した池上氏が目にしたのは、ツイードのジャケットを羽織った祖父とメイド姿の来栖のほかに、電器店のロゴ入りポロシャツを着た佐多と岡崎、そしておそろいの黒いスーツをまとったような丸山とニャン氏――どこにいてもその場に属しているようにもいないようにも見える、慇懃無礼《いんぎんぶれい》な執事然とした中年男と、どこにいても自分の家のようにくつろぎ、誰の指図も受けないとひと目でわかる猫の姿だったのである。

「これはどうも、ずいぶんにぎやかですね」

灰色のスーツに灰色の髪、金縁眼鏡をかけ、弁護士というより大学教授みたいな池上がいくぶん驚いたように言い、

「わたし以外は全員、名探偵か、その見習いのようなものらしい」

祖父が指先で一同のほうを示しながらそう応じる。

「大なり小なり、謎みたいな事件というやつになじみがあるそうだから、警察が来る前に決着をつけてくれるかもしれん。もしそうなら大助かりというわけだ」

「そうですか、大道寺さんがそうおっしゃるなら、わたしのほうはかまいません」と弁護士。

「ともかく事件について、わたしが聞きこんできたことをご説明します」

「その前に」祖父がさえぎって、「城之内《じょうのうち》――つまり死んだ女の人となりについて、わたしから説明しておいたほうがいいだろう。池上の上品な話しぶりでは誤解を招き、事件の印象も変

わりかねないからな」

ということで語り出した祖父によれば、城之内という女性はある企業の経営者だが、とにかくやり方が汚い。取引先を裏切り、下請けは搾取《さくしゅ》、自社の従業員も薄給でこき使うと、まったくほめるところがない。

小柄で貧相な老女だが、若いころはほんの少しは美人といえなくもなかったようで、その若いころを彷彿《ほうふつ》させる（彼女より美人の）女性秘書を雇い、「年の離れた妹のようでしょう」などと図々しいことを言うが、実際には親子どころか祖母と孫にしか見えない。その秘書もこき使われて婚期を逃しかけているのはまことに気の毒である。

財界人の集まりでしばしば顔を合わせる祖父に、なぜか対抗意識を抱いているらしく、祖父が持っているのと同じブランドの腕時計やコート、どちらもより高価な品を身につけて見せびらかしたり、旅行用のスーツケースもよく似たものを持っていたり。

そもそも彼女の家というのが、祖父の家と同じ町内——歩いて五分かそこらの場所に、同じ建築家に依頼して建てたより大きな家で、完成するとお披露目のホームパーティを開いてわざわざ祖父を招いた。それに腹を立てた祖父のほうは、彼女が気に入って画廊と交渉中だった油絵を強引に買い取り、こちらもホームパーティを開くと、その絵を飾った客間で彼女たちをもてなしたという。

いわば犬猿の仲の城之内と祖父だが、三日前までいっしょにヨーロッパにいた。所属する団体の視察旅行で、祖父は乗り気でなかったものの義理があってしかたなく参加した。

旅行中も城之内は山ほど買い物をしそのすべてを値切り倒す、飛行機では席に文句をつけるなど、同行者たちの災いというほかはなかった。ちなみに祖父は所用があって三日前に帰国したが、ほかの連中が帰ったのはおとといで、城之内は帰宅そうそう奇禍《きか》に遭ったらしい――

そこからは弁護士の池上が話を引き取り、対照的な柔和な口調で、聞きこんできたくわしいいきさつを語った。

二日前、城之内は午前中に成田《なりた》空港に降り立ち、手続きをすませると渋谷《しぶや》行きの直通バスに乗った。いつもは秘書が車で迎えにくるが『頭痛がひどくて来られないそうだ』と同行者に語り、土産物を詰めこんだ大型のスーツケースを引っ張って、ひとりでバスに乗りこんだ。渋谷から電車で最寄り駅へ、駅から歩いて自宅へ。敷地内で庭の手入れをしていた植木職人たちに手を振り、家の中に入っていったのが午後一時半ごろだという。

職人たちは四時すぎに仕事を終えて玄関から声をかけたが、返事はなかった。もともと愛想のよくない彼女のこと、彼らも特別不審に思わず、そのまま引き上げていったらしい。

それからしばらくたった夜七時ごろ、頭痛の治った秘書がご機嫌伺いの電話をかけ、応答がないのを心配してたずねてゆくと、雇い主は階段の下に倒れて冷たくなっていた。検死の結果、死因は後頭部の挫傷で、死亡推定時刻は午後一時から二時のあいだとされた。

捜査にあたった警察も、はじめは事故と思っていたようだ。城之内は上機嫌で同行者たちと別れ、要所要所で目撃されたり防犯カメラに映ったりしながら、おそらくまっすぐに帰宅している。

留守宅には朝一番で家政婦が来て、掃除や夕食の支度をしたが、何の異状もなかったと証言している。家政婦が帰るころには植木職人たちがやってきて、四時すぎまでずっといたといい、その彼らが「城之内さん以外に家に入った者も、出た者もいない」と声をそろえているのだ。となれば城之内は家にひとりでいる時に亡くなったのだろう、死亡推定時刻からいって帰宅後間もなくの出来事で、倒れていた場所から判断して階段から足を踏みはずしたのだろう――そんなふうに誰もが考えた。しかし、

「頭の傷をよりくわしく調べた結果、話がちがってきたのです」

池上が金縁眼鏡を光らせて一同を見渡し、ものやわらかな調子でそう語った。

「傷の大きさや形、位置や角度などいろいろのことを総合すると、自分で倒れて頭を打ったとは考えにくい。むしろそう見えることを期待して、誰かがうしろから殴ったものと思われると」

「しかし――」祖父が言いかけ、

「そう、しかし、です」弁護士がかぶせるようにつづける。「それはおかしい。家には城之内さん以外誰もいなかったはずなのですから」

「まいったな」祖父は困ったようにあごを手でこすって、

「そんなおさまりの悪い話を聞かされると、背中がむずむずするようで気持ちが悪くてかなわん。警察の連中もそれは同じだろうから、手近な人間を犯人に仕立てあげかねない――たとえば、わたしとか」

「そんなことはないと思いますが」弁護士は遠慮がちに、「とはいうものの、警察のほうも、

大道寺さんのアリバイには関心を持つでしょう」

この言葉に、祖父は黙ったまま苦い顔をし、

「おとといはどこにいらしたのですか?」池上がおだやかな口調ながらたたみかける。「ずっとお出かけだったそうですが、どなたかとお会いになったりは?」

「誰にも会っておらんし、行き先については言う必要がない」

「秘書の田中さんの話では、毎年十月のその日にひとりで出かけられる、以前からずっとそうで、留守をあずかる家政婦さんも行き先を知らないとのことですが——」

「さっきも言ったろう」いらだった口調で、「言う必要がない。今度のこととはまったく関係のない話だからな」

「それでは警察は納得しないでしょう」池上は辛抱づよく、「答えないということ自体が、あらぬ誤解を招くかもしれない。大道寺さんだけ旅行を一日早く切り上げていることも」

祖父は眉根を寄せたまま何も言わなかった。

たしかに、これではちょっとまずいかもしれない。二人のやりとりを聞いて、佐多はそう考える。

「まずいですよね」岡崎が例によってずけずけと、

「もともと城之内さんと仲の悪かった大道寺さんが、旅行中のいろんなことにぶち切れて、ついに殺す決心をした——警察にはそんなふうに見えてしまうかもしれませんよね。

それで一日早く帰国して、いろいろと準備をして。同じツアーに参加していたなら、城之内

さんの帰りの飛行機も当然知っていたはずで、待ち伏せるのも簡単な――」

「わたしの疑いを晴らすために残ってくれたとばかり思っていたが」祖父が皮肉な調子で、

「もしかすると、勘違いだったかな」

「いや、そんなことは」岡崎はあわててすわり直し、「もちろん、大道寺さんの無実を信じています」

「当たり前だろう、そんなことは」祖父が一蹴《いっしゅう》する。「それより何かいい知恵はないものか。俊英はどうだ?」

名指しされた佐多はうろたえて、

「つまり、その」

深呼吸すると、左右を見渡し――すぐ横で太い腕を組み、背もたれに体をあずけている岡崎と、窓際のソファに浅くかけ背中をまっすぐ伸ばした丸山、その足元でだらしなくカーペットに丸くなっているニャン氏、入口近くの椅子で遠慮がちにひざに手を置いている来栖の姿を視界におさめてから切り出した。

「おとといの午後起こったように見えることを、ひとつの文にまとめればこうですよね。『誰もいない家へ、被害者がひとりで入ってゆき、そこで殺された』」

「簡潔なまとめだな」祖父はうなずいて、「だが、それが理屈に合わない」

「そうです。だからこそ謎なわけですが、理屈に合わないということは、どこかがまちがっているということです。

ですから、この文をはじめから見ていって、一箇所ずつ逆にしてみたらどうでしょう。逆転の発想というやつで、真相が見えてくるかもしれません」

窓のほうから「ニャー」という小さな声が聞こえてくる。ニャン氏がカーペットに載せていたあごを上げて秘書の顔をのぞきこみ、今の佐多の発言についてコメントしたらしい。口ぶりからすれば『まずまずの出だしだニャ』というところだろうか。

「それでは」と佐多、「まず最初に、『誰もいない家』というところ」

「逆にすると」祖父が眉を上げて、「『誰かのいる家』になる」

「そうです。家は無人だったはずといいますが、本当にそうだったのか」

「もちろん、そこが一番の問題点なのはいうまでもありません」池上が熱心にうなずいて、「とはいうものの、やはりそうだったとしか思えない。植木職人たちの証言だけなら──自分たちが働いているあいだ、被害者以外に家に入った者はいないという言葉だけなら、彼らが来るより前から犯人が家の中にひそんでいたという可能性が残ります。

けれどもそれに加えて家政婦の証言がある。朝から来て家の中を隅々まで掃除し、城之内さんの好物である『真鰐のクリーム煮』を夕食用につくり──」

「『真鰐の日』だね」岡崎が佐多のほうを向いて小声で言う。

「そして帰る時には植木職人たちがすでにいたと。だとすれば、被害者が帰宅した時、まちがいなく家は無人だったと言うほかはありません」

「昼飯の時間はどうですか?」と岡崎。「職人たちの話ですけど、午前中から夕方まで働いてたなら、昼の休憩にどこかへ行ったりはしなかったんでしょうか」

「近くに評判のいい弁当屋があり、そこの弁当を買って庭先で食べたそうです。若いのがみんなの分を買いに行き、それ以外の休憩も交代でとったそうなので、誰かがずっと庭にいたことになります」

「裏口はどうでしょう?」佐多がたずねてみる。「職人たちが見張っていたような形になったのは、家の表側だと思うんですが——」

「勝手口はついていますが家の横手、通用門も表側の隅にあるので、そちらにも職人たちの目が届くようです」

ここで岡崎がまたも佐多のほうを向き、

「来る時に言ってたホームズもののトリックは使えないの? 『まだらの紐』とかいうやつ」

「無理です」佐多が即答する。「いろいろな意味で」

「じゃあ家政婦さんの証言に穴があるんじゃないかな。『家じゅう隅々まで掃除をしたから、誰も隠れていなかったとわかる』なんて言い切れるのは、犯人が一箇所にじっとしている場合だけですよね?」

「そうかもしれません」池上が慎重に、「しかし、じっとしていなかったとすると——」

「あちこち移動しながら、いろんな場所に隠れてたとしたらどうです? 掃除するおばさんのあとをついていくか、逆に先回りするような形で」

「あとをついていけば、その人がふり向くこともあるだろうし」と佐多、「そして先回りというのは、実際にはそうそうできることじゃない気がしますね」

「あの、お掃除というのは、人によってやり方が決まっていると思います」メイド姿の来栖がややおずおずと口を開く。

「二階からはじめる人もいれば、二階はあと回しという人も。廊下の両側にいくつも部屋が並んでいるような時、円を描くように回る人と、ジグザグに進んでゆく人がいます。

この家政婦さんがどういうやり方をする人だったか、それを知っていれば、出会わないようまく避けることもできると思います。けれども知らない場合はむずかしいんじゃないでしょうか」

さっきまで黙っていた彼女が、話題が現在の仕事関連に及んだせいか、積極的に発言しはじめ、その調子、と佐多はひそかにエールを送る。

「そうだ、それから」佐多は思いついて、

「もし犯人が、朝早くから家の中にひそんでいたとしたら、その日は植木職人たちが来るのを知っていて、彼らの目を避けるためそうしたことになりますよね？」

「おっしゃる通り、それがありそうな話です」

「だとしたら、わざわざそんな面倒くさい日を選んで、犯行を計画するというのはおかしいような——」

「犯人のほうに『その日でなければ』という都合があったのかもしれませんが」池上は祖父のほうを遠慮がちに見て、「たしかにありそうにない話という気がします。次の可能性を考えたほうがいいかもしれません」

「よし、それじゃ次へ行こう」岡崎が元気よく、「さっきの佐多くんのまとめ、ええと、何だっけ——」

「『誰もいない家へ、被害者がひとりで入ってゆき、そこで殺された』」佐多はくり返し、「次は『被害者がひとりで入っていった』というところで——」

「逆の発想をすれば、誰かといっしょに入っていった」祖父が言って、「しかし、おかしいだろう。もしそんなことがあれば——」

「もちろん、植木職人たちがそう言っているはずです」佐多が引き取る。「その誰かが職人たちの目にとまらなかった、どこかに隠れて入ったとかいうのでなければ——」

「スーツケース?」

岡崎と来栖が異口同音に叫び、岡崎が『どうぞ』という身ぶりをして、メイド姿の娘に機会をゆずった。

「あの、城之内さんは、大きなスーツケースを引っ張ってバスに乗ったのですよね。だとすれば家に帰った時もそうだったはずで、その中に犯人が入っていたとしたらどうでしょう?

城之内さんに気づかれないように入りこんで、そのまま中で息をひそめて」

もしそうなら城之内は、自分を殺そうとしている誰かを、それと知らずに家に引き入れたことになるが——

「城之内さんはたしかに、かなり大型のスーツケースを持っていた」と池上。「バスに乗りこむ時に係員にあずけているし、途中のカメラにも引っ張っている姿が映り、帰宅した時も同じだったそうです。

小柄できゃしゃな人物なら、大きなスーツケースの中に入ること自体は可能でしょう。ただ問題があります。犯人はいったいいつ、どうやって、城之内さんのスーツケースに入ったのか」

「おばあさんがトイレにでも行っている時に？」と岡崎。「成田から最寄り駅までのどこかで」

「だけど、スーツケースには着替えやお土産が入っていたはずですよ」佐多が指摘する。

「いくら大型でも、ほとんど空《から》でなければ人ひとりなんて入れないでしょう。もともとあった中身はどうしたんですか？」

「もちろん引っ張り出して、そのへんに放っておいたのでは人目につくから自分の鞄に入れたか。あっ、そうだ」岡崎は大声を出し、

「よく似たスーツケース、空のを用意しておくんだよ。被害者がスーツケースを置いてどこかへ行ったら、それをよそへやって、代わりに自分の持ってきたやつをそこへ置く。その中に自分が入って、蓋《ふた》を閉める」

祖父は黙ったまま苦い顔をしている。たしか祖父が城之内と「よく似たスーツケース」を持っているという話があったから、おそらくそのせいだろう。

「だけど」と佐多、「『スーツケースを置いてどこかへ行く』なんて、そういうことはあまりしないんじゃないですか？　特に女の人は。それも年配の——」

「年をとって、疑り深く、けちな女ならなおさらだな」祖父がつけ加える。

「城之内さんはけちだったんですか？」

「買い物には金を使うが、サービスにはびた一文払いたくないという人間がいるだろう。それだよ。そうでなければタクシーに乗るし、少なくともスーツケースは空港から宅配に出す。わたしはいつもそうしているがね」

「それに」池上がそれまで我慢していたかのように口を開き、「城之内さんがいかに土産物をたくさん買いこんだとしても、いくら何でも、荷物は人ひとりの体重よりずっと軽かったでしょう。

席をはずして戻ってきたら、急にスーツケースが重くなっている。それに気づかず引いて帰る人などどこにもいません」

「じゃあ、その線はなしということで」岡崎が気軽に、「次へ行きましょうか。あと何が残っていたっけ。その『逆転の発想』のできそうなところ」

佐多は自分の掲げた一文を思い出して、

「残っているのは、『そこで殺された』というところです」

これは重要なポイントかもしれない——佐多は内心でそう思っていた。

「城之内さんは自宅ではなく、別の場所で殺された。そんな可能性はないでしょうか」

「しかし、発見されたのは家の中」と祖父。「よそで殺されたとすれば、誰か——おそらく犯人が、死体を運びこんだことになる」

「その時に役に立つのは、あれですか」と岡崎。「やっぱり、例のスーツケース」

「死亡推定時刻は一時から二時、そうでしたよね」佐多が確認して、「だとしたら、一時半の時点で城之内さんがすでに亡くなっていたというのはありうることです」

「そしてスーツケースで死体が運びこまれたとしたら、ケースを引いていたのは犯人ということ？　犯人が城之内さんの服を着て、城之内さんのふりをして、職人たちはそれに騙された――」

「もちろん、そんなことができる犯人といえば、ある程度絞りこまれます」

佐多は言葉を切る。誰かが先をつづけてくれるのを待っていたのだ。しかし、

「秘書のことか？」口にしたのは祖父で、佐多はいくぶん失望する。

「そう、あの秘書なら」祖父は思い出す目をして、「小柄で細い体つき、顔立ちもちょっと似たところがある。城之内のばあさんがわざわざそういう女を選んだわけだが。ばあさんの服を着て、濃い化粧をして、ついでに顔にしわを描けば、たしかに本人に見えるかもしれない。ばあさんが若い女に化けるのは無理でも、その逆ならありえなくはない。むろん間近なら変に思うだろうが、遠目に見るぶんには」

そういうことではなかったかと、佐多は思っていたのだ。けれども、

「いや、問題がありますす」ここでも池上が反論する。「自宅でなく外で殺したとすれば、いったいどこでやったというんですか？

空港を出てからの城之内さんの足どりには不審な点がない。通常のルートで帰宅している姿

が、あちこちの防犯カメラにとらえられています。

それぞれの地点に到達した時間から、まっすぐ帰宅、ほとんど寄り道しなかったことがわかっています。時間のロスはせいぜいトイレに寄った程度しかないらしい。

だとすれば犯人は、ルートの途中、それこそ渋谷か最寄り駅のトイレみたいな場所で城之内さんを襲ったことになりますが、そんなことをするものでしょうか？　昼日中で、すぐ外に大勢の人がいるのに？　殺した上で死体をスーツケースに詰めこむ、そんな大仕事を、そんな状況で短時間にすませることができたとは思えません。

だとするとやはり、自宅で殺されたと考えないわけにはいかないでしょう」

「だが、それでは、最初の疑問に戻ってしまう。殺されるには犯人が必要だが、その犯人がいない——」

祖父はそう言って、考える時の癖なのかしきりとあごを手でこすり、

「丸山さん、あなたはさっきから、ひとこともしゃべっていないが」窓側のソファのほうへ声をかけた。

「聞くところでは、不思議な事件を解決されたこともおありだそうじゃないですか。ここまでの議論を聞いて、何か意見はありませんか」

「わたしについてのお言葉は身に余るものです」丸山がいつもの無表情、いつもの丁重な言葉づかいで、

「それはともかく、ひとつだけ。池上さんはただ今『自宅で殺されたと考えないわけにはいか

ない』とおっしゃいましたが、ここはそうとも言い切れないかと」

「おや、そうですか?」池上はややむきになって、「どんなふうに可能だとおっしゃるんでしょう」

「複数の犯人を想定するなら、理屈の上では」丸山のほうは淡々と、「ひとりが城之内さんを帰宅途中で車に乗せるなどして拉致、もうひとりが城之内さんの扮装をし、あとをひきつぐ形であちこちで防犯カメラに映りながら帰宅、植木職人たちに会釈して家にこもる。

城之内さんを拉致したほうは、人目のないところでゆっくり彼女を殺害し——といっても二時までではないと理屈に合いませんが——死体を夕方四時以降、夜七時くらいまでに、好きなやり方で城之内さんの家に運びこむ。こういうことでしたら可能かと。先ほども申し上げた通り、理屈の上では。

ただしいろいろと不自然な上、わざわざそんな形にするメリットも感じられません。検討に値しない説ですが、『自宅以外ありえない』というわけではないとだけ、一応申し添えさせていただきました」

言葉を切ると、椅子の上でわずかに身を引き、これ以上は何もしゃべらないという雰囲気を醸し出す。いつもながらつかみどころがないが、丸山という男にいくぶん慣れてきた佐多には、彼がたしかに今の説を本気で考えていないのが何となくわかった。

そしてもうひとつ、彼は真相に気づいている——これ以外ありえないとうなずける説をすでに思いついているのだろうということも。

もちろん雇い主のニャン氏も同様のはず。丸山の足元でカーペットに丸くなり、すっかりくつろいでいるように見えるが、ペパーミントグリーンの目はぬかりなく光っている。

真相を見抜いているが、まだそれを言うつもりはないらしい。そして、丸山やニャン氏がそれを言わないでくれたほうが、今日の佐多にとってはありがたいのだった。

なぜなら今回は、なるべくなら彼自身が謎を解きたい。いや、実をいえば、彼自身でなくてもかまわない。それよりむしろ――

「あのですね、今思いついたんですけど」

そんな佐多の思いをよそに、大声を出したのは岡崎だ。

「さっきの話と似ていますが、こういうのはどうです？　スーツケースを引いて家に入っていったのは秘書。そしてスーツケースの中には城之内さん、まだ生きている城之内さんが入っていて、家に入ってから殺されたんです。

出先のちょっとした場所で殺してスーツケースに詰めこむのは無理。池上さんがそう言いましたけど、殺さずにスーツケースに押しこめるだけなら、手間は半分くらいで――」

「だけど」

「でも」

声が重なる。前者は佐多、後者は来栖だ。

「来栖さん、どうぞ」

「はい。あの、無理矢理スーツケースに押しこめられそうになったら、誰でも大声を出したり暴れたりするでしょう。中に入って引っ張られていくあいだもそうじゃないでしょうか」

「もちろんそうです」池上が引き取り、「事件の被害者になるために、おとなしくスーツケースに入って引かれていく人なんているわけがない。

小さな子供なら騙したり脅したりで可能かもしれませんが、大の大人なら、睡眠薬でも飲ませるなり、縛って猿ぐつわをかませるなりしなくてはいけない。どちらもそう簡単ではない上、そのあと時間をおかずに殺せば、遺体に痕跡が残ります」

「城之内さんの遺体にはそんな痕跡はなかった？」

「なかったはずです。あれば警察のほうも、最初から事故だなんて思うはずがない」

広い居間に重苦しい沈黙が流れる。それを破ったのは祖父で、

「まいったな、もうじき警察の連中がやってきて、このままだと痛くもない腹をさぐられなきゃならん」

いらだたしげに周囲に送った視線を、最後に窓側の床のほうへ向けて、

「そういえば、その猫は？　そちらからだけ、まだ意見を拝聴していないが」

結局、そういうことになるのだ。佐多はそう考える。

議論が出つくし、重苦しい沈黙が流れると、みんなニャン氏の意見を求める。

やけっぱちの冗談のつもりだろうが、先週丸山が言っていたように、無意識にニャン氏の叡《えい》智《ち》に気づいているのかもしれない。

そして、こうして意見を求められれば、ニャン氏のほうはそれに応じるのもやぶさかでない

ということに――

「ニャニャ、ニャニャニャニャニャニャーニャニャ？」

「まだひとつ残っているのではありませんか？」

丸山がそう言い、池上と祖父がその言葉に反応して、

「どういう意味です？」

「残っているとは、いったい何が？」

ニャン氏ではなく、あくまで丸山に向かってたずねる。結局は二人とも常識人であり、猫が事件を解決するなどとは思いもよらないのだろう。

「先ほど佐多様の述べられた文のことです」丸山もそれに応じる調子で、語尾に「ニャ」とつけたりはせず、「要素をひとつずつ逆にしてみるとおっしゃった」

「ああ、あの――」

「あそこにあった言葉の中で、まだ手つかずに残っている、逆にしていないものがある。そういうことのようですが」

「どういうことだ？　俊英は何と言ったんだっけ？」

「『誰もいない家へ、被害者がひとりで入ってゆき、そこで殺された』」

佐多は思い出して言ったが、丸山が――ニャン氏が何を言うつもりなのかまったく見当がつかなかった。

「それです」丸山はうなずいて、「その中で『誰もいない家』というところ、『ひとりで入って

ゆき』というところ、そして『そこで殺された』というところについて、それぞれ逆の可能性が検討されました。

けれどもこれではまだ手つかずのところがあります。おわかりになりませんか？」

丸山は言葉を切り、暗い瞳をまっすぐ部屋の入口のほうへ向ける。ニャン氏もペパーミントグリーンの瞳で同じほうを見る。

両者の視線を浴びた来栖は驚いたようすだった。佐多自身も少なからず驚いていたのだが、その来栖がためらいがちに口を開き、

「手つかずの言葉というと」とゆっくり、「『被害者』ですか？」

「ニャーニャ、ニャニャニャ」

「その通りです。このままではいかにも中途半端ですから、残ったそれを逆にしてみてはいかがでしょう」

「『被害者』を逆にするといえば――」池上が用心深く、「通常は『加害者』になりますが」

「それで結構だと思います」

「城之内のばあさんが、被害者ではなく加害者？　あいつが何かをたくらんでいたというのか？」

「ニャーニャ、ニャーニャニャ、ニャニャンニャニャニャニャニャーニャ、ニャニャニャ」

「そもそも」と丸山、「事件当日、城之内邸に植木職人たちが入っていたことははたして偶然でしょうか。誰かが何かをたくらんだからこそ、そういう運びになったのではありませんか」

「もちろん、偶然にしてはできすぎです」池上が身を乗り出し、「犯人がそう仕組んだ――職人たちの証言があれば、家に誰も入らなかったことになり、城之内さんは殺人でなく事故死とみなされる。それを狙ったものと思っていましたが」

「ニャーニャニャニャニャ、ニャニャニャニャニャニャ」

「犯人の心づもりはそうだったでしょう。しかし『加害者』には別の意図があったのかもしれません」

「別の意図？」

「これについても、逆の発想がありえます。職人たちの目があることで期待される証言とは何か。『誰も家に入らなかった』だけではなく、もうひとつ――」

ひとりと一匹の視線が、またも入口のほうへ向かい、

「こういうことでしょうか」来栖が緊張しつつ、「『誰も、家から出なかった』」

「おっしゃる通りです。犯人の意図はおそらく、池上さんのおっしゃるようなものでまちがいないかと。ですが『加害者』のほうは、植木職人たちに別の証言、来栖さんのお言葉のようなそれを期待していたのではないでしょうか」

「あなたの言う『加害者』は、城之内のばあさんのことだね」祖父が確認する。「そして犯人というのは」

「実際に起こった事件の犯人のことです」

「じゃあ『加害者』のほうは」佐多は言いかけて口を閉じるが、

「実際には起こらなかった事件の犯人、ということでしょうか」あとを引き取ったのは池上だった。

「城之内のばあさんが、何かの事件を起こそうとたくらみ、そのために植木職人を家に呼んで準備をした」祖父が熱心に言う。「しかしばあさんのたくらんだ事件は起こらなかった」

「そのように考えます」

「起こらなかった理由は、殺されてしまったから」

「そういうことになりますでしょう」

「で、その事件とは？　ばあさんはいったい何をたくらんでいたと？」

「ニャニャニャ、ニャニャーニャニャ」

「さあ、それは。ただ物欲の強い方だったようですから、何かを手に入れたいと思われたとか――」

丸山は思わせぶりに言葉を切り、これが三度目に、部屋の入口のほうを見やった。足元の小さな雇い主も同じほうを見た。

佐多もそちらを向いて、来栖の目にゆっくりと明かりがともり、きらきらと輝きはじめるのを見た。その光と紅潮した頬が、ふだんさびしげな顔立ちに力強さと華やかさをもたらし、美しかった――そう思ったのは佐多だけではないはず。恐ろしげにこわばった口元が、どこかゆがんだ色合いを添えていたけれど。

「来栖さん、何かわかったんですか」

佐多がたずねる。彼にはわからなかった。事件のおぼろげな全体像が浮かびあがるような気はしたものの、今ひとつ、いやそれ以上に焦点が定まらなかった。

「わかった、と思います」

「では、話してごらん」

祖父がうながし、彼女は複雑な表情のままうなずいて、

「丸山さんがおっしゃったように、城之内さんには欲しいものがありました。それを手に入れるためには違法行為も辞さないというくらい」持ち前の低い声で語りはじめる。

「城之内さんは旅行から帰ってくる日に植木職人たちを呼び、『城之内さんが帰ってきたあと、誰も家から出なかった』と証言してもらうつもりでした。ずっと家にいたと思わせたかった——ということは、実際には別の場所に行くつもりだったことになりますが、その場所とはどこでしょう。そして彼女は、どうやってそこへ行くつもりだったのでしょう。

いったん家に帰ってきたあとでまた出かければ、職人たちの目にとまります。つまり城之内さんは家に帰ってくるつもりがなく、旅行から帰る道すがら、そのまま別の場所に行くことになっていた。そして別の人、つまり秘書が城之内さんに変装して入れ替わり、家に入れば、城之内さんのアリバイ——午後ずっと家にいたというアリバイができあがります。

けれども実際に起こったことからすれば、城之内さんは家に帰ってきたのです。職人たちにそれとわからない形、彼女自身も自分がどこへ向かっているのかわからないような形で」

「というのは」祖父がゆっくり、「これまでさんざん話に出たような形——スーツケースに入

れて運ばれていた、ということかね」

「そうです。大の大人を無理に詰めこもうとすれば大ごとですが、本人が自分の意思で入るぶんには、騒ぎもなく時間もかかりません」

メイドのヘッドピースや衣装とふつりあいな威厳すら帯びて、来栖は静かに言葉をつづける。

「池上さんがおっしゃったように、事件の被害者になるために、わざわざスーツケースに入る人などいません。けれども加害者になるためなら、必要とあれば、入ることもやぶさかではないでしょう。

おととい、城之内さんは空港から自宅までのどこかで、前もって打ち合わせた通りに、空のスーツケースを持った秘書と落ちあいます。そこでスーツケースに入れば、秘書は自分の持ってきたスーツケースを引いて自宅へ、いっぽう自分は第三者の手で、別の場所へ連れて行かれる。そんな手はずができているものと、城之内さん自身は思っていました。

ですが実際には第三者などどこにもおらず、秘書の手で、自宅に向かって運ばれていました。騙されていたのです。スーツケースの中にいれば外の景色は見えず、音もはっきりとは聞こえませんから、騙すのは簡単だったことでしょう。

実際に起こった事件——城之内さんが殺された事件については、犯人はもちろん秘書。城之内さんに扮して、城之内さんの入ったスーツケースを引いて、職人たちの前を通って家に入りました。

スーツケースを開けると、驚いている城之内さんをうしろから殴り、階段から落ちたらしい演出をほどこす。しばらくその場に残ってようすをうかがい、職人たちが引き上げたあとで家を出る。これが実際に起こった事件のいきさつです」

秘書の動機は、とたずねる者はいなかった。城之内が祖父の描写通りの人物なら、そばで仕える秘書には積もる恨みがあってもおかしくない。または横領などをしていて、その発覚をおそれたのかもしれない。

「ではもうひとつ、起こらなかった事件とはどんなものでしょうか」

来栖は先をつづけ、その声は低く調子はおだやかだが、佐多だけでなく池上も、祖父も、岡崎もじっと彼女の顔を見つめて聞き入っている。

「城之内さんの行きたかった場所は、いくつかの条件から推測できます。まず彼女の家からそれほど離れていないこと。いくらスーツケースの中にいても、行き先が思っているのとぜんぜんちがえば『おかしい』と気づくことでしょう。たぶん同じ駅を利用する、同じ町内のようなところの、やはり個人宅だと思います。

そこに忍びこんで盗みをはたらくつもりだった、ということは、主人が留守だとわかっている家。そしてその日にスーツケースが届けられてもおかしくない——家の主人が、よく似たスーツケースを持って前日まで旅行をし、その荷物を空港で宅配に出したような家」

「わたしの家だ」祖父が愕然《がくぜん》として、「わたしの家に来るつもりだったというのか」

「そうです。大道寺さんをよく知っている人なら、毎年その日に留守にされる、旅行の帰りにはスーツケースを宅配に出すなどの習慣も知っていたはず。

家政婦さんだけの留守宅に上がりこんで、こっそりスーツケースから出て、城之内さんの欲しいもの――大道寺さんに横からさらわれてしまった品を、壁からはずして持ち帰るつもりだったのでしょう」

「あの絵のことか。わたしが腹いせに買いとった、あいつが買うはずだった油絵」

「ああ、絵ね。たしかにそんな話があったけど、すっかり忘れてた」

岡崎が言い、実をいうと佐多もその点は同じだった。

「わたしは美大生で、油絵専攻ですから、ほかの方よりそのことをおぼえていても当たり前だと思います」来栖は謙虚にそう言って、

「ですから、丸山さんが『城之内さんには欲しいものがあったのでは』とおっしゃった時、大道寺さんの家にある絵のことをすぐに思い出しました。

そうしたら、その時、さっき言ったようなことがいきなり頭に浮かんできたのです。見てすぐわかる形ではなく、いろんな色の端切れのかたまりみたいなものでしたけど、それをひとつずつよりわけていくと、全体像が見えてきました」

佐多は先週のこと、自分が実佳の婚約者をめぐるささやかな事件の謎を解いた時のことを思い出す。あの時は「もつれた糸のかたまりが目の前に落ちてきて、それをほぐすような感覚」と思っていたが、今の来栖の表現はそれと酷似している。

たぶん二人とも同じ体験をした――ニャン氏からただヒントをもらうだけでなく、テレパシ

ーのようなものを受け取ったのだと思う。けれどももつれたかたまりをほぐすのには、受け取った側のそれなりの努力と、おそらく適性も必要になる。

自分が投げられた糸のかたまりより、もっと複雑で重いものを来栖は投げつけられ、見事にほぐしてみせたのだ。佐多はそう思い、語り終えていくぶん放心したような彼女の顔を賛嘆《さんたん》をこめてひとしきり見つめ、それから投げつけた側——丸山とその雇い主のほうを見る。部屋のこちら側の大騒ぎなど意に介さないふうで、ひとりと一匹で何やら話しているようす。

なぜ、今、来栖に向かって真相を投げつけたのか。彼女をリクルートしようと思い、実力を見るためともとれるが、ほかの解釈もある——

「今の説はたいへん興味深く、説得力もあります。しかし」

池上が持ち前の、おだやかながらもしつこい調子で、

「業者の配達を装って家に入ったとして、帰る時はどうするつもりだったんでしょう？　配達先をまちがえたとでも言って回収に来てもらう？　それに本物のスーツケース、大道寺さんが空港であずけたやつが先に配達されていれば、『おかしい』となりますよね？」

「城之内さん自身は、お祖父さんの留守宅に忍びこんで絵を盗むという考えに夢中で、逃走経路のことはどうにかなると思っていたのかも」と佐多。

「家政婦さんの隙を見て裏口から抜け出すつもりだったかもしれませんが、その場合はスーツケースがあとに残りますからね。どう見ても穴だらけの筋書きですけど、それでかまわなかったんじゃないですか。秘書が城之内さんに吹きこんだ計画で、秘書のほうでは、実行されない

のがよくわかっていたから」

「そして城之内のばあさんのほうは、偽の計画の穴にも、また秘書がたくらんでいた本当の計画にも、気づく頭がなかったというわけか」

祖父が引き取ってまとめると、胸の前で両手をこすりあわせて、

「いや、ありがたい。これでいつ警察が来ても安心というものだ。そろそろ来てもおかしくない頃合いだが」

「ニャーニャ」

「それでは、わたしたちはこれで」

例のひと組が立ち上がって帰り支度をする。警察に対してうしろめたいところがあるわけでもないだろうが、何となく性に合わないといったところか。

「ちょっと待ってください。ぼくも行きます」

佐多は丸山に声をかけて自分も立ち上がると、祖父のほうを向き、

「お祖父さんは彼女に、今度のことのお礼をするべきだと思います。温情ではなく報酬、彼女の正当な権利として」

「わかっている」

「それから——」

「何だ?」

「もしよければ」佐多はその場で姿勢を正し、「ぼくが大学を卒業したら、お祖父さんの会社

「に入れてください」

「本当かね?」祖父はうれしそうだ。「乗り気でないと思ったんだが、なぜ?」

「理由はいくつかありますが、そのひとつは、一年のこの時期にぼくの父がよく口にすること。父方の祖父のお墓は遠方にあって、行けば一日がかりになってしまい、父にしても毎年命日に行くというわけにはいきません。平日なら仕事もありますから。

それでも都合のつく時はなるべく行くようにしていますが、行った時は必ず、『誰かが先に来ていた』と言うんです。『きれいな花を供えてくれていた、たぶん毎年来てくれているんだろう』と。

父方の祖父の命日といえば、おとといです」

祖父は気まずそうに顔を伏せて何も言わなかった。

「それから」と佐多、「会社に入れてくれるとしたら、ひとつだけお願いがあります」

「言ってごらん」

「ぼくを実力相応に扱うこと。お祖父さんの孫だからといって、不相応に昇進させたりしないことです」

「それは」かすかに持ち前の悪魔めいた笑みを浮かべ、「もとよりそのつもりだよ」

「おれのことは」岡崎が横から、「うちの会社の上層部に話して、偉くするよう働きかけてくださってもいいですよ」

「考えておこう」祖父は言って、笑みを大きくひろげる。

佐多は「お邪魔しました」と池上に、「またいつか」と来栖に言って、頭をさげると、駆け足で外に飛び出す。

例のひと組はもういなくなっているかと思ったが、いた。だらだらと長くつづく坂を下りかけるところで、佐多の足音に立ちどまってふり返る。

「今日はありがとう」佐多は心から言った。「彼女を助けてくれて。先週ぼくにしてくれたみたいに」

「ニャニャニャ、ニャーニャニャー、ニャニャ？」

「まあ、ゆきがかりというものだニャ。それより、決心したのかニャ？」

「祖父の会社に入ることにしました」

「ニャニャーニャニャーニャ、ニャニャニャ」

「残念だけど、しょうがないニャ。達者で暮らすといいニャ」

ニャン氏の口調にも顔つきにも、残念さが漂っているように思えた。猫がそんなものを漂わせられるかぎりにおいて。

だとすれば、ニャン氏が来栖にヒントを出したのは、佐多への好意からだったのだろう。佐多が彼女を助けたいと思っているのを見越して。佐多に見切りをつけ、来栖を自分たちの財団に誘おうとしたというわけではなく。佐多はそう思う、ばかりではなく、そうだといいと心から願う。

「じゃあ、本当にありがとう。楽しかった。人が殺されたような時に言うことじゃないけど、これまで何度か会って、いつも楽しかった」

「ニャーニャニャ」

「ありがとう」

「ニャニャ」

「元気で」

「ニャー」

　ニャン氏は尻尾をひと振りし、丸山は慇懃に会釈して、日の傾きかけた坂道を下ってゆく。

佐多はその姿が見えなくなるまでたたずんでから、岡崎の待つ車のほうへ戻っていった。

初出一覧

「ニャン氏登場」　ミステリーズ！vol.68（二〇一四年十二月）
「猫目の猫目院家」　ミステリーズ！vol.74（二〇一五年十二月）
「山荘の魔術師」　ミステリーズ！vol.75（二〇一六年二月）
「ネコと和解せよ」　ミステリーズ！vol.76（二〇一六年四月）
「海からの贈り物」　書き下ろし
「真鱈の日」　書き下ろし

著者紹介　石川県生まれ。お茶の水女子大学文教育学部卒。1989年『異次元カフェテラス』を刊行し，91年には「バルーン・タウンの殺人」がハヤカワSFコンテストに入選。他の著作に『銀杏坂』『スパイク』『安楽椅子探偵アーチー』『雨恋』『ハートブレイク・レストラン』『煙とサクランボ』などがある。

検印
廃止

ニャン氏の事件簿

2017年2月24日　初版
2017年4月7日　再版

著者　松《まつ》　尾《お》　由《ゆ》　美《み》

発行所　(株)東京創元社
代表者　長谷川晋一

162-0814/東京都新宿区新小川町1-5
電話　03・3268・8231-営業部
　　　03・3268・8204-編集部
URL　http://www.tsogen.co.jp
振替　00160-9-1565
工友会印刷・本間製本

乱丁・落丁本は，ご面倒ですが小社までご送付ください。送料小社負担にてお取替えいたします。

ISBN978-4-488-43908-8　C0193

時を超えた愛情がもたらす奇跡

MY DEAR LIMIT◆Yumi Matsuo

わたしのリミット

松尾由美

創元推理文庫

◆

坂崎莉実は、父親と二人暮らしの17歳。
5月のある朝に目覚めると、
「彼女を莉実の名前で病院へ入院させてほしい。
かならずひと月後に帰る」
という不思議なメモと見知らぬ少女を残し、
父親は忽然と姿を消してしまった。
どこから来たのかも話さない年下と思われる少女は、
自分をリミットと名乗り——。
何と彼女は、莉実が遭遇する奇妙な出来事の謎を、
話を聞くだけで見事に解いてしまう。
莉実とリミット、二人の少女が送る、
謎と刺激に満ちたひと月。
心温まる、愛らしいミステリ。

永遠の名探偵、第一の事件簿

THE ADVENTURES OF SHERLOCK HOLMES◆Sir Arthur Conan Doyle

シャーロック・ホームズの冒険

新訳決定版

アーサー・コナン・ドイル

深町眞理子 訳　創元推理文庫

◆

ミステリ史上最大にして最高の名探偵シャーロック・ホームズの推理と活躍を、忠実なるワトスンが綴るシリーズ第１短編集。ホームズの緻密な計画がひとりの女性に破られる「ボヘミアの醜聞」、赤毛の男を求める奇妙な団体の意図が鮮やかに解明される「赤毛組合」、閉ざされた部屋での怪死事件に秘められたおそるべき真相「まだらの紐」など、いずれも忘れ難き12の名品を収録する。

収録作品＝ボヘミアの醜聞，赤毛組合，花婿の正体，
ボスコム谷の惨劇，五つのオレンジの種，
くちびるのねじれた男，青い柘榴石《ざくろいし》，まだらの紐，
技師の親指，独身の貴族，緑柱石の宝冠，
橅《ぶな》の木屋敷の怪